黒川裕子

KAZABANA OSHITEMAIRU!
YUKO KUROKAWA

風花《かざばな》、推《お》してまいる！

風花《かざばな》、
推《お》してまいる！
KAZABANA
OSHITE
MAIRU!
YUKO KUROKAWA
黒川裕子

目次

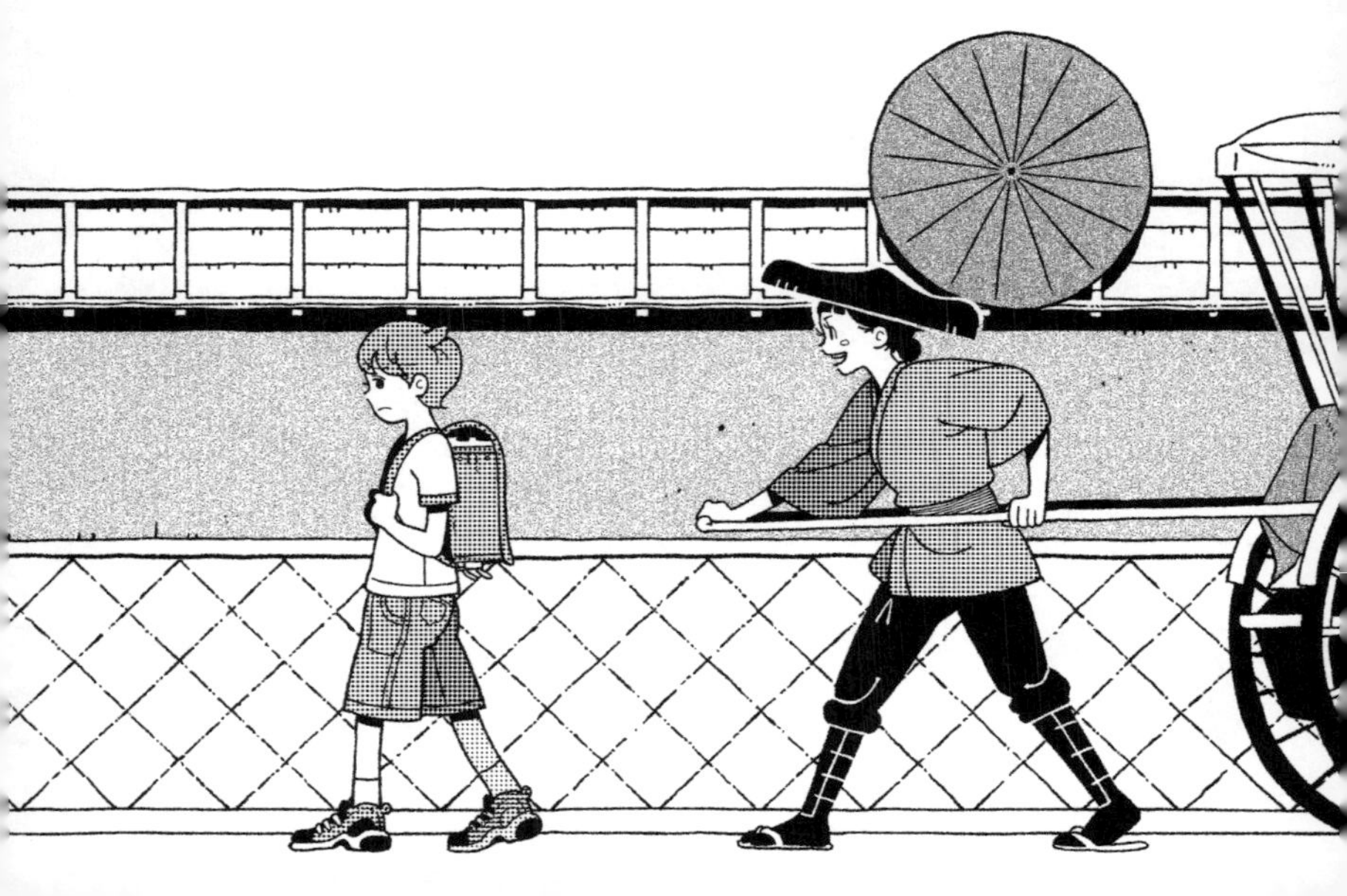

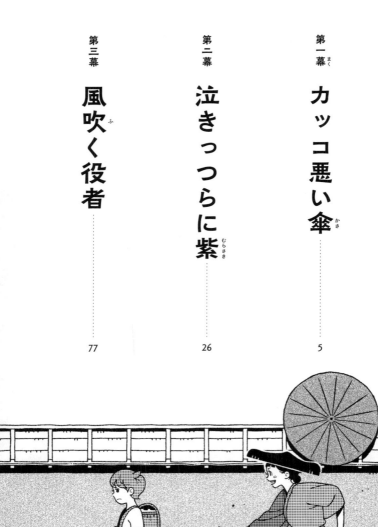

第一幕《まく》　カッコ悪い傘《かさ》

――おれ、きみみたいなやつのほうが嫌《きら》いだから。

クラスでいじめられてる菅野三好《すがのみよし》がそんなことを言った。せっかく声をかけたのに、なんだよそれ。クラスの中に味方がほしくないのか？　しかも、いじめてるヤツらより、ぼくのほうが嫌いだって？

どうかしてる！

これじゃ、ぼくのほうがいじめられてるみたいだ。

腹立《はらだ》たしいのになぜか、つい傘で自分の顔をかくしてしまった……まるで菅野の冷ややかな視線《しせん》をさえぎるように。コイツから目をそらすのは、今日だけで二度目。そして菅野のスニーカーのつま先と、傘からしたたる雨粒《あまつぶ》しか見えなくなった。

六月最初の月曜日だった。朝のニュースのお天気キャスターいわく、去年より三日おくれて、今日から関東甲信越《かんとうこうしんえつ》が梅雨《つゆ》入りしたらしい。放課後、帰り道で青い傘《かさ》を差した菅野《すがの》を見かけた。

（どうしよう？）

今朝、教室で起こったできごとを思い出して、気持ちが今日の雨空みたいにどんよりとする。

菅野は、山口《やまぐち》、田中《たなか》、中野《なかの》の六年一組女子バレークラブ三人組……ぼくが略《りゃく》すところの〈山田中〉によくイジられている。

今朝はとくにひどかった。

「おはよう三好《みよし》くん」

名前呼《よ》び＋にこやかな挨拶《あいさつ》からソレははじまる。菅野はおはようの代わりに小さく会釈《えしゃく》する。オヤのどっちかが、たまに大きな劇場《げきじょう》にも出る舞台俳優《ぶたいはいゆう》らしいけど、それにしては地味で、存在感《そんざいかん》のない菅野。まったくキラキラ感がないところなんて、むしろぼくと同じタイプだ。

しばらく女子同士《どうし》で話したあと、ニヤニヤしながらリーダー格《かく》の山口さんがきいた。

「ねえねえ、昨日《きのう》どんな夢《ゆめ》見た？」

すると、ほかの二人がすかさずノってきた。

「保健《ほけん》体育の夢じゃない？　やーらしー」

「おみやげでヘンな工作してない？」

三人そろって大きな声で笑う。

なにが面白いんだか——周りの何人かはお愛想《あいそ》みたいに笑ったけど、ぼくは必死に顔を伏《ふ》せて、とっくに終わった算プリのたしかめ算をはじめた。

ちなみに今朝の山田中がネタにしていたのは、先週保健体育でやった性教育《せいきょういく》のこと。

そこに、教材兼《けん》おみやげとして生理用ナプキンがクラス全員に配られたことと、菅野が部員三人しかいない工作クラブに所属《しょぞく》していることをミックスした、破壊力《はかいりょく》がハンパない合わせ技《わざ》だ。

ぼくなんか、生理の授業《じゅぎょう》があった日は、あれをわざわざハンカチに包んで持って帰った。ランドセルに生理用ナプキンがそのまま入っているのを姉ちゃんに見つかりでもしたら人生終わるからだ。大事なのはわかるけど、気恥《きは》ずかしいんだよ。姉ちゃんじゃなくても女子にソコのとこの微妙《びみょう》さをからかわれるのってなんか不快《ふかい》だし、自分たちの世界を武器《ぶき》にしてる感じが幼稚《ようち》すぎて、あーあー、って感じ。

菅野《すがの》は、まつげを伏《ふ》せてずっと黙《だま》っていた。返しようがないだろうけど。

元々《もともと》は、菅野と仲良くしようとした山田中を、菅野が何度かスルーしたのがきっかけだったような気がする。

でも、こんなことまでネタにしだすなんて、かなりエスカレートしてるよな。

山田中のイジりは担任《たんにん》の荒川《あらかわ》先生が教室に入ってくるまで続いた。

あいつらは、先生の前では絶対《ぜったい》やらない。

のんきな担任は、山田中に「静かにしろよ」と注意をしただけだった。山田中に菅野がからまれているのを何回か見たことあるくせに、たんなるフザケ合いだと思っているみたいだ。やってる側が女子ということもフザケ合いに見られてる原因《げんいん》の一つかもしれない。

だって反対に、生理用ナプキンのことで男子が女子をイジってるんだったら、教育委員会に親からクレームが入るレベルだろ。

とにかく、担任が入ってきたことで、ぼくはやっと必要のないたしかめ算をやめた。

やれやれだ。いつもの月曜日の朝にもどり、算数の授業《じゅぎょう》がはじまる——はずだった。

今日にかぎって妙《みょう》に気になり、菅野の席をつい見てしまうまでは。

菅野も視線《しせん》に気づいてぼくを見た。

猛獣《もうじゅう》の檻《おり》の中から無事に出てきた人間ってあんな表情《ひょうじょう》をしているんだろうか。

ひどい屈辱《くつじょく》を受けて青ざめていて、ぶあつい氷河《ひょうが》みたいに硬《かた》くて凍《こお》りついていて、いまにも涙《なみだ》になって流れ出しそうなようすだった。

そんな菅野を見て、ぼくがどうしたかって。

三ナシを選んだに決まっていた。

無事・無難《ぶなん》・無風の三ナシ——ぼく村野成里《むらのなりさと》のモットーだ。

かなりやんちゃ坊主《ぼうず》だった保育園《ほいくえん》のころとちがって、クラスの中でもわざわざ敵《てき》を作ったりせず、いつ、だれとしゃべっても三ナシな答えを返す。どっちかというと、先生ウケと保護者《ほごしゃ》ウケもいい、よい子キャラ。

そういうポジションを、三年生くらいからがんばって築《きず》いてきたつもり。

だってぼくはスーパー戦隊でいうところのレッド、ヒーローポジションじゃないから。

協龍戦隊《きょうりゅうせんたい》ダイナマンの赤ダイナの剣《けん》を振《ふ》り回して正義《せいぎ》の味方ごっこをしていたのは保育園《ほいくえん》まで。小学校に入ってからは、知らないオトモダチだらけの環境《かんきょう》になじめず、二年生までよく学校を休んでいた。

三年生になって、やっと毎日学校に来られるようになったときには、戦隊どころか、すっかりモブ中のモブキャラに格落《かくお》ちというわけだ。しかも、どこにでもいそうなモブのわりには友だちの一人もいなくて、しかも周りに変に気をつかわせる。

休んでいた間も通信塾《つうしんじゅく》のタブレット学習で自習していたおかげで、成績《せいせき》は学年でもいいほうだけど、トップ層《そう》でもない。足はじつは速いほうだけど、体育ではわざと手をぬいて全力疾走《しっそう》はしない。

少しでも人とちがったり、目をつけられてトラブルにあったりしたら、またクラスになじめなくなるんじゃないか。そしたら、また学校に行けなくなるんじゃないか──

——それが怖《こわ》い。

だから、三ナシ。

卒業まで何事もなく学校に通うのがぼくの最大にして唯一《ゆいいつ》の目標だ。

学校にフツーに通ってクラスでフツーに過《す》ごすのって、全然楽じゃない。ぼくなんて毎日クラスメイト受けを気にして、発言に気をつかって、三ナシでいられるよう馬鹿みたいに努力してる。

……でも菅野《すがの》は、クラスで上手くやっていくために努力してるのかな？

もし、そうじゃないなら、イジられてもしょうがないんじゃないの。山田中みたいのにからまれないように、スルーするスキルが不足してたんじゃないの。

からまれてる菅野を見て、そんなイジワルな気持ちすら湧《わ》いていた。

だから、道で会っても菅野なんて見なかったことにするのがベスト・三ナシ・ルートなんだけど……。

鐘《かね》つき通りの大きい交差点で信号待ち。あと十秒もしたら信号が青に変わるだろう。

目の前には、濡《ぬ》れそぼった青い傘《かさ》が小さくゆれている。

胸《むね》のあたりがムズムズしはじめる。

チョーシに乗ってるときの山田中に割《わ》って入るなんて、爆走《ばくそう》するダチョウの群れの前に立ちはだかるようなものだ。でも保育園《ほいくえん》までの、ピカピカしていたぼくだったら？　ぼくが絶対《ぜったい》になれないヒーローだったら。

きっと声を上げて、助けに入ってたんじゃないかな。

さんざん迷《まよ》ったあげく、ぼくは思い切って声をかけた。

「菅野《すがの》！」

青い傘がくるっと回って、ぼくと同じ制服《せいふく》を着た菅野が振《ふ》り向いた。俳優《はいゆう》だっていうオヤに似《に》たのか、大きな目がぼくを疑《うたが》わしげに見返す。ぼくがクラスメイトだってこと、さすがに覚えてるよな？

「あの。今日の朝さ……」

「ストップ」

大粒《おおつぶ》の雨のカーテンの向こうで、菅野がぼくの言葉をさえぎった。

「なにを言おうとしているのかわからないけど、これ見よがしに近づいてくるの、やめてくれない」

「え……」

ぼくは拍子《ひょうし》ぬけした。

なんだって？

「ちょっかい出してくる山口《やまぐち》たちより、おれ、きみみたいなやつのほうが嫌《きら》いだから」

菅野が、ぼくを斜《なな》めににらみつけた。それで、はじめて、菅野がぼくよりほんの少しだけ背《せ》が高いんだって知った。はじめてまともに顔を合わせた菅野は、朝よりも冷えた目をしていた。

「こう思ってるんだろ。『イジメられてるやつに、わざわざ声かけてやったのに』。……声をかけたら、うれしがるとでも思った？」

ひとつも言葉が出なかった。

顔がかっと熱くなった。

ぼくはこれまで、だれかと真っ正面からケンカしたことも、ぶつかり合ったこともない。こんなに攻撃的《こうげきてき》な言葉を、ナイフみたいに光る目で、言われたことがなかったんだ。

どこがぼくと同じタイプだよ。菅野《すがの》は地味なんじゃない。モブでもない。おとなしい顔をして牙《きば》をかくしているだけなんだ。ぼくは幻《まぼろし》のヒーローになったつもりで、ちょっとイジワルな気持ちで――完全に上から目線で――そんなやつに声をかけてやった。

菅野が行ってしまっても、ぼくはしばらく傘《かさ》で顔をかくしていた。

こんな恥《は》ずかしいことってあるかよ。

✿

「時の鐘《かね》」のやぐらを通りすぎて、一番街通りを連雀町《れんじゃくちょう》方面に向かってぶらぶら歩く。じきに夕方だというのに、通りは傘を差した観光客でにぎわっている。小江戸《こえど》なんて呼《よ》ばれて観光名所になっているここ川越《かわごえ》だけど、ここで生まれ育ったぼくからしたら、日常《にちじょう》の景色でしかない。

土産《みやげ》店の軒先《のきさき》から、川越名物のさつま芋《いも》を蒸《ふ》かす匂《にお》いがほわんとただよってきた。

（お腹《なか》、減《へ》ったなあ……）

ぼくは家と正反対の方向に向かって、とぼとぼと歩き続けた。

なんだか、家にまっすぐ帰る気になれない。

石がしきつめられた古風な歩道を、カラフルな傘がゆらゆらゆれながら通りすぎていくようすは華《はな》やかだ。でもぼくの気持ちは、蒸かし芋を食べすぎたときみたいに、胃《い》もたれしている。

ふだんは元気よく通りすぎていく人力車も、雨のせいで客待ちが目立つ。ぼくのサゲサゲフィルターを通すと、車夫さんたちの顔までどこか悲しげに見えてくる。あれ、なんか忘《わす》れているような……。

そうだ、車夫といえば！

イヤな予感って、なんでこう当たるんだろう。

勢《いきお》いのいい、よすぎるくらいの女の人の声が、ぼくの愛称《あいしょう》をさけんだ。

「おーい！　ナリっ！　なにしてんのさ、こんなとこで」

車夫さんの一人が、ぶんぶんと手を振《ふ》って近づいてきた。濃紺《のうこん》の雨合羽《あまがっぱ》を着て、黒いまんじゅう笠《がさ》をかぶった芙美《ふみ》姉ちゃんだった。

日焼けした顔でぼくを見て、ニカリと笑う。

（うわ、最悪のパターンだよ……）

そういや、人力車のバイトをはじめたって言ってたっけ。

芙美姉ちゃんはぼくとは八歳《さい》年がはなれた大学生。竹を割《わ》ったような性格《せいかく》をした芙美姉ちゃんはぼくとはまるで正反対。でもきょうだい仲はよくて、ぼくが学校に行けない時期にも、馬鹿《ばか》にしたりせずに勉強を教えてくれた。

でも憂鬱《ゆううつ》な気分のときには会いたくなかった人物、ナンバーワンかも。

なぜなら、いつも人力車みたいにパワフル全開な芙美姉ちゃんは、足腰《あしこし》だけじゃなく心もムキムキで、空気の読めないデリカシーゼロ人間と紙一重なのだ。

「なんでナリがこんな時間にここにいるの？　うちとは方向が正反対でしょ！」

さっそくだけど、声が大きいよ姉ちゃん……！

シゴト仲間なのかな、車夫さんたちが興味津々《きょうみしんしん》でこっちを見ている。姉ちゃんと話してるとこ見られるだけでも微妙《びみょう》に恥《は》ずかしいのに。

ぼくは思いっきり力をこめたヒソヒソ声で、姉ちゃんに耳打ちした。

「ちょっと、やめてよ！　用事があるんだよ」

「へ？　ナリが放課後に用事？」

超意外《ちょういがい》！　みたいな顔するの、まじでやめてほしい。

たしかに、いっしょに遊ぶくらい仲がいい友だちはいないし、クラブにも入っていないから放課後はだいたい家で通信塾《つうしんじゅく》のタブレット学習をしたり、ネット小説を読んだりしてるんだけどさ……。

「母さんか父さんに連らくはしてんの？」

「うん。今日は父さんのほうが在宅勤務《ざいたくきんむ》だよね。さっきアプリで連らくした……図書館で自主勉するって……」

言いながら、ちらっと姉ちゃんを見上げる。

ぼくの意図を察してか、姉ちゃんはニンマリと笑った。

「ふうん。図書館でねえ――」

図書館は小学校からすぐ近くで、こっちとは正反対の方向なのをぼくら二人とも知っている。見逃《みのが》して、という無言のお願いに、姉ちゃんはなんだかうれしそうだ。

正直、無理もない。

姉ちゃんは、学校に行きづらかったころのぼくを、そばでずっと見守ってくれていたから。

まだ小さかったから、学校じゃなければ家にしか居場所《いばしょ》はなかった。

たとえば昼の公園なんて、ママやパパと遊びにきた幼児《ようじ》か、お散歩中の保育園児《ほいくえんじ》だらけ。あの子たちより大きいのに学校に行ってないなんて、って自分でも感じてしまうのが嫌《いや》だった。

だから、だいたいは家に閉《と》じこもって、両親が図書館で借りてきてくれる本や、母さんの本棚《ほんだな》のマンガを読んでいることが多かった。

その本好きが高じて、ネットの小説投稿《とうこう》サイトで小説を読むようになり、高学年になったいまでは〈闇夜《やみよ》の白騎士《しろきし》〉というペンネームで自作小説を投稿しているわけだけど……。

とにかく、

――あのナリが、放課後に繁華街《はんかがい》をぶらつくなんて！

という心の声がいまにも聞こえてきそう。

姉ちゃんが実際《じっさい》に口を開こうとしたとき、一人のお客さんがぼくたちに近づいてきた。赤地に花模様《はなもよう》のおしゃれな和傘《わがさ》を差した、ぼくのおばあちゃんたちくらいの年齢《ねんれい》に見えた。お姉ちゃんに、親しげに声をかける。

「芙美《ふみ》ちゃん。久《ひさ》しぶりに乗せてよ」

「あれっ。夏《なつ》さん！　こんにちは！」

お姉ちゃんが顔を輝《かがや》かせた。停《と》めていた人力車にすばやくもどって、「夏さん」というお客さんのほうに寄《よ》せる。

「毎度ありがとうございます。どちらまで？」

「近くて悪いけど、連雀町《れんじゃくちょう》のいつものトコまでお願いできる？　あたし、雨の中歩くの嫌《きら》いなの」

「承知《しょうち》しました！　そういえば〈いちのき演芸場《えんげいじょう》〉、いまご贔屓《ひいき》の劇団《げきだん》がのってるんでしたっけ。……さあ、どうぞ、ご主人さま。芙美《ふみ》がご案内いたします」

ほほえみを浮《う》かべた夏《なつ》さんがすっと手を差し出す。姉ちゃんはお姫《ひめ》さまをあつかうように夏さんの手をうやうやしく取ると、座席《ざせき》にエスコートした。それから丁寧《ていねい》に毛《もう》布《ふ》を膝《ひざ》にかけてあげて、さらに濃《こ》い赤色の防水《ぼうすい》シートをかぶせる。

ご主人さまってなんだよ⁉　いつもの元気印はどこへやら、ごくふつうの動作にまでただよう、キラキラで妖《あや》しいムードはいったい……。姉の見てはいけない一面をのぞいてしまった気分だ。

あっはっは、と夏さんが大笑いする。

「ご主人さまだの、お嬢《じょう》さまだの、芙美ちゃんの接客《せっきゃく》はあいかわらず面白いね。こないだなんて、若《わか》い子がキャアキャアずらりと並《なら》んでたじゃないの。ぎゃっぷ萌《も》えってやつかねぇ」

ウソだろ。

開いた口がふさがらないぼくに、姉ちゃんがまたしても大声で言う。

「じゃあね、ナリ！　あっ、あとであたしにも連らく入れなさいよ！」

まじで恥《は》ずかしい。姉ちゃん、いつもながら過保護《かほご》。

人力車の座席で夏さんが首をかしげた。

「ところで芙美ちゃん。そちらの坊《ぼっ》ちゃんは？」

「わたしの弟のナリ、村野成里《むらのなりさと》です。ナリ、ご挨拶《あいさつ》して」

「……こんにちは」

「こんにちは。それにしても、お姉さんとそっくりだねえ」

笑みまじりの夏さんの言葉に、ぼくはさらに気が重くなる。

昔からきょうだいそっくりと言われることが多いぼくらだけど、なにが悲しくて姉ちゃんと似《に》なきゃいけないのか。しかも性格《せいかく》は正反対。

「弟さん、このあと予定はあるの？」

「あります」

「ありません」

ぼくの即答《そくとう》を、実の姉が即さえぎった。

「じゃあ、よかったらいっしょに観にいかない？　大《たい》・衆《しゅう》・演《えん》・劇《げき》。推《お》しの劇団《げきだん》だから、満席にするべくみんなに紹介《しょうかい》してまわってるのよ」

計四つの目がぎらりと光った。

――大衆演劇だって？

「あ、大丈夫《だいじょうぶ》です」

「あれ。大衆演劇観たことない？」

「観ないです、そんなの」

「信じられないねえ、せっかく川越《かわごえ》に住んでてさ。常打《じょうう》ちの劇場《げきじょう》やセンターがあるなんて恵《めぐ》まれてんだよ」

夏《なつ》さんはギョロリと目を剥《む》いた。

たしかに、川越に住んでりゃ、いやでも大衆演劇のポスターがかかっているのは目に入るけど……。

お面かと思うくらいぶあつく塗《ぬ》りたくった白粉《おしろい》に、マツケンサンバみたいなキンキラキンの衣装《いしょう》。レトロで妖《あや》しいタペストリーにナントカ劇団とかナントカ一座《いちざ》とかババン！　と書いてあるやつ。歌舞伎《かぶき》っぽいナニカだよね。

　でも身近にあるのと、実際《じっさい》に行くのはちがう。東京スカイツリーのすぐそばに住んでる人が、じつは展望台《てんぼうだい》のぼったことないってのと同じだ。

　夏さんが、夜な夜な包丁を研いでそうな顔でにやりとした。

「なんだい、観たいって？　んもう、だったら素直《すなお》にそう言えばいいのに」

「いや、ほんと、大丈夫です」

「今月は、〈劇団風花《かざばな》〉が乗ってんだよ。あたしの大大大贔屓《だいだいだいひいき》の劇団でね。チケットおごってやるから、観ていきな。ちょうど、じきにはじまるから。サアサア乗って、サアサア」

　サアサア、サアサアと強引に乗せられ――姉ちゃんはぼくには例の接客《せっきゃく》はしなかった――あぜんとするうち、人力車が廻《まわ》りはじめる。

　間近で見る姉ちゃんの走りは圧巻《あっかん》の一言だ。人力車って思ったより座席《ざせき》が高くて、ずっと速い。それに、なんてなめらかな乗り心地なんだろう。

　一足ごとにぐんぐんと景色が流れる。見慣《みな》れた川越の景色が別の町みたいだ。毛布《もうふ》にくるまれて足はぽかぽかだし……ってちがう！

大衆演劇《たいしゅうえんげき》になんて欠片《かけら》も興味《きょうみ》はない上に、これって完全に案件《あんけん》じゃないのか。ついていっちゃダメなやつ。姉も誘拐犯《ゆうかいはん》の一味だなんて終わってる！

逆風《ぎゃくふう》に負けじとさけんだ。

「あの、まじでエンリョ、遠慮《えんりょ》します！　いまから帰って塾《じゅく》のタブレットしなきゃだし……！」

「おほほ！　塾なんかよりずっと勉強になるよ、艶之丈《えんのじょう》は」

止めてくれるはずの姉ちゃんは、信号待ちの間に振《ふ》り返って「図書館よりいいでしょ？」とげらげら笑っている。

脳裏《のうり》で入れ歯と学習タブレットがソーラン節を踊《おど》りはじめる。

ぼくはいよいよ、心のなかで絶叫《ぜっきょう》した。

（エンノジョーが〈円の面積と体積〉教えてくれんのかよーッ）

関わっちゃだめなタイプの人っているよな。強引、人の話を聞かない、なんでもジブンの都合のいいように解釈《かいしゃく》しちゃう——クラスでいうと田中《たなか》さんタイプ。

一瞬《いっしゅん》、青い傘《かさ》を思い出して胸《むね》がずきっと痛《いた》くなる。

こっちの心のうちも知らず、夏《なつ》さんが言った。

「あんたと同じ年ごろの子役も出るんだよ」

「子役？」

「ああ。いま十一、二くらいか。ひとつにもならないうちから抱《だ》き役……ああ、赤んぼの役ね、そんなことやってた時分からずっと見てきた子でさ。若いころの太夫元《たゆうもと》にそっくりのツラしててねえ。三代目襲名《しゅうめい》した実の兄さんの若座長《わかざちょう》とはまたちがう才能《さいのう》と魅力《みりょく》の持ち主なんだよねえ。ま、未来のバケモンさ」

タユウモト？　シュウメイ？　はっきりとわかったのは最後の言葉だけだった。

未来のバケモン。

「……赤ちゃんのころから大衆演劇の役者やってたってことですよね。その子、そんなにすごいんですか？」

つい反応《はんのう》したのが運のツキ、だった。

第二幕《まく》　泣きっつらに紫《むらさき》

姉ちゃんが夏《なつ》さん（と弟）を降《お》ろしたのは、連雀町《れんじゃくちょう》に去年できたばかりの〈いちのき演芸場《えんげいじょう》〉だった。

たしか、社会科の「町新聞づくり」の発表で取り上げたグループがあったはずだ。連雀町にあった古い長屋をいくつかぶちぬいて、二階建ての劇場《げきじょう》としてリノベーションした建物らしい。最近オープンしたのに、もとからずっとそこに建ってたような雰《ふん》囲気《いき》がただよっているのはそのせいだろうか。

〈いちのき〉と屋号を入れた大きな長提灯《ながぢょうちん》。軒《のき》にずらりと並《なら》べてつるされた、可愛《かわい》らしい丸提灯には明かりが灯っている。

いくつも立てられた、色もあざやかなノボリに、「千客万来《せんきゃくばんらい》」「大入《おおいり》」の看板《かんばん》。壁《かべ》に浮《う》き彫《ぼ》りにされた招《まね》きねこが、おいでおいでと場内にさそう。

はじめての大衆演劇《たいしゅうえんげき》の劇場は、来たこともないのにどこかなつかしい。

夏さんはぼくの手首をつかんで、入口のチケット自販機《じはんき》まで引っ張《ぱ》っていく。手の感触《かんしょく》はふわっとソフトなのに、握力《あくりょく》はトランスフォーマー並《な》みだ。

最後のあがきをする。

「いやあのホント、まじで夏さん、ちょっとぉ！」

「ああ、それ。芙美《ふみ》ちゃんといい、〈おばあさん〉じゃなく、夏さんて名前で呼《よ》ばれるのはいいねえ。じゃあ、あんた、ナリさんね」

夏さんはにっこり笑う。話を聞いて。

「まあまあ、百聞は一見にしかずって言うでしょうが。ほーらほら観たくなってきた、大衆演劇が観たくなってきた……」

どんな催眠術《さいみんじゅつ》だよ。

木戸銭《きどせん》と書かれた札の下がったチケット自販機の前に、ごま塩ひげが渋《しぶ》い、五十代くらいのおじさんが待ち受けていた。劇場の人かな。

「夏さん、また来たのか。今日はお孫さんといっしょかい？」

「ふふん、また来たのかはないでしょ、仙《せん》さん。常連《じょうれん》に向かって。……こんなところでチケット係なんてやっちゃって、もう体はすっかりいいんですか？」

「ははは！　おかげさまで、体のほうはもうすっかり。ごらんのとおり、チケット売りからやり直しです。ほら、いつもの二列目、年間予約席。今日は右隣《どなり》がちょうど空いてるから、お孫さんはサービスしとくよ。……ちびっこのご新規《しんき》さんか、うれしいねえ。今日は楽しんでってくださいよ」

ぼくを見て目もとをゆるめ、夏《なつ》さんにチケットを二枚《まい》わたす。

自販機《じはんき》の値段《ねだん》を見るに、大人二千円。小人千円。ぼくのおこづかいが月に千円だから……ちょうど足りるくらいだ。以前、母さんに連れていかれたクラシックコンサートのチケットにくらべると信じられないくらい安い。

……というか、ぼく、孫じゃないな？

夏さんの鉄砲水《てっぽうみず》みたいな勢《いきお》いにまた流されてしまっている。

「仙《せん》さん」の案内どおりに、おそるおそる階段《かいだん》を上がった。壁《かべ》のあちこちに豪華絢《ごうかけん》爛《らん》な刺繍《ししゅう》入りのタペストリーが何枚もかかっている。タペストリーには――たぶん――役者の顔写真が名前入りで大写しで印刷されていた。

市川艶之丈《いちかわえんのじょう》に市川春之丈《はるのじょう》、市川菊之丈《きくのじょう》、市川狭之丈《さのじょう》。むらさき。

あれ、「むらさき」だけひらがなだ。

むらさきって、色の紫《むらさき》なのかな？

客席入口は階段を上がってすぐ右側。チケットの半券《はんけん》を、もぎりのお兄さんにわたす。

入口前の売店はお客さんで大にぎわいだ。昆布《こんぶ》にたらこ、梅、しゃけなど、いろんな味のおにぎりがずらり。お客さんたちはアルミホイルでくるまれたおにぎりやお菓《か》子《し》、飲み物を次々《つぎつぎ》とレジへ持っていく。食べ物のほかには、棚《たな》にぎゅうぎゅうに並《なら》べられたグッズコーナーがあった。

うわあ、素朴《そぼく》な食べ物コーナーとちがって、棚ごとギンギラに光り輝《かがや》いている……。

ホログラムのうちわやポストカードに、マグカップにコースター。たぶん劇団《げきだん》のDVDとかブルーレイ。そのぜんぶに、でかでかと役者の写真がプリントされている。造花《ぞうか》つきのクリップや、フラダンスで使うようなフラワーレイなんて、いったいなにに使うんだろう。あと、ペンライトとかもね。……ペンライト⁉

「ああ、ペンラは持ってきたからいいの」

夏《なつ》さんがさらっと言った。

ペンラ……持参……。もしもし？

大衆演劇《たいしゅうえんげき》って、なんかデントー的なやつだったような気がするんだけど。

ぼくはもうなんにもおどろかないぞと決意した次の瞬間《しゅんかん》、ホールの中に押《お》しこまれて度肝《どぎも》をぬかれる。

――そこには別世界、いや異世界《いせかい》が広がっていた。

舞台《ぶたい》に向かって並《なら》んだ客席は、ざっと百五十、六十席くらいはありそうだ。緞帳《どんちょう》の下りた舞台は思ったよりずっと小さい。舞台から伸《の》びた花道。客席と舞台がとんでもなく近い。

舞台の前後左右にライトが設置《せっち》されていて、ピンクや紫色《むらさきいろ》のどぎつい光がお客さんたちを妖《あや》しく照らしている。

客入りは上々《じょうじょう》みたい。客層《きゃくそう》の八割《わり》くらいが女の人のようだ。目につくのはウチのママくらいか、おばあちゃんくらいの年代で、若《わか》い人たちがそこにちょいちょいまじっている。子どもはぼくだけ。

強引に座《すわ》らせられた席は、前から二番目だった。

びっくりするくらい舞台が近い！

公演《こうえん》がはじまったら、役者さんの鼻息まで聞こえそうだ。

左にはぼくを無理やり連れてきた夏さん、右には見知らぬ、夏さんと同年配のおばあさん。白髪《しらが》をきれいなグリーンに染《そ》めたおばあさんは、熱心に手元のメモ帳に書きこんでいる。なにをしてんだろ――ついじっと見ていると、グリーンのおばあさんがちらっとぼくを見た。

「あらま！　若い子！　飴《あめ》ちゃんいる？」

「おくれ」と、すかさず夏さんがくちばしをはさむ。

「夏さんにゃきいてないよ」

「なんだ、今日は黒飴じゃないのね。じゃ、いらないわ。ああ、この子、大衆演劇今日はじめてでね。いろいろ教えてやってよ、多恵《たえ》ちゃん」

しょうがなく受け取ったパイン飴を口に放りこむ。

テストに絶対《ぜったい》出ない情報《じょうほう》が新たに追加された。髪《かみ》の毛がグリーンで、ぼくに飴《あめ》をくれた人の名前は多恵《たえ》ちゃん。

そのメモ帳ってなんですか――ときこうとした瞬間《しゅんかん》、ラップとド演歌《えんか》を足して二で割《わ》ったような曲が爆音《ばくおん》で流れはじめて、パイン飴を勢《いきお》いよくふきだしそうになった。

〈Ｓａｙ、Ｙｅａｈ！　この夜の出会いを胸《むね》に抱《だ》きしめ、銀河《ぎんが》の果てまで～会いにゆきます、Ｙｏｕ！　あなた～だけに、会いにゆきます（どーたらこーたら）ハイハイハイハイＳａｙ！　エンノジョウ！　Ｈｅｙ、Ｓａｙ！　カザバナッ？〉

一部よく聞き取れない部分があるけど……。

とにかく観客の一部が合唱をはじめる。なぜか舞台《ぶたい》がはじまる前から盛《も》り上がりは最高潮《さいこうちょう》をむかえている。カザバナッ！

直前までおいしかったパイン飴の味がなぜかわからない。

多恵ちゃんがぼくの耳元でつばを飛ばして怒鳴《どな》る。

「このメモ帳？　観たい公演《こうえん》や、推《お》しの誕生日《たんじょうび》イベント、特別ゲスト公演なんかをチェックしてんの。ほら、あそこの壁《かべ》に今月の演目《えんもく》を並《なら》べてざっと書いてあるでしょ？　大衆演劇《たいしゅうえんげき》は、昼の部と夜の部があって、それぞれの演目がほとんど毎日ちがうの。だから、多ければ月に六十近くの演目を演《えん》じるわけ。しかも当日になって演目がコロッと変わることもよくあんの。だから月のはじめに現場で演目をチェックして……あソレ、エンノジョウ！　カザバナ！　ハイ！　ハイ！」

こめかみに青筋《あおすじ》を立ててさけぶ多恵ちゃんにギョッとする。

（やべえっ、合いの手がシルバーエイジどころじゃねえ！）

ものすごい熱量がこもったバイブスだ。

「がはは！　あいかわらずだねえ、多恵ちゃん。推しは若座長《わかざちょう》の春之丈《はるのじょう》だっけ？」

夏《なつ》さんがバッグからペンラを二本取り出しながらたずねた……片手《かたて》で二本持ちかよ。

多恵ちゃんがぎらりと目を光らせる。

「もちろん春ちゃん一筋《ひとすじ》よぉ。推しのためなら、離島《りとう》以外なら日本全国、センターだろうが劇場《げきじょう》だろうが、おむつしてでも追っかけするわよ！」

「あれえっ、多恵ちゃん、ついにおむつデビュー？」

多恵ちゃんはポッと顔を赤らめた。

「やぁだ、例えよ例え。でも二部の後のトイレすごく混《こ》むじゃない？　アリかナシかっていったらさあ？」

「ナシよりのアリよね！　がははは！」

……おむつギャグなんて生まれてはじめて聞いたよ。ぼくの何十倍もパワフルで元気な夏《なつ》さんたちにはさまれて手が震《ふる》えそうだ。

まだ幕《まく》も上がってないのに、外の雨がうそみたいな熱気。

ぼくは、もはや味のしないパイン飴《あめ》を奥歯《おくば》でがりっとかみくだく。

顔なじみのお客さん同士《どうし》が多いのか、客席の前後左右でスナック菓子《がし》をおすそわけしたり、おしゃべりしたりしている姿《すがた》が目につく。

アウェイすぎる。

曲がフェードアウトしていき、代わりにプロレスのリングアナウンサーががなり立てるようなアナウンスが入った。

『え〜本日はお足元の悪いなか、当演芸場《えんげいじょう》〈いちのき〉にご来場いただきましてェ、まことにィ、ありがとうございます。ただいまより、〈劇団風花《げきだんかざばな》〉の夜公演《こうえん》をはじめさせてェーいただきます。第一部として若座長《わかざちょう》・市川春之丈《いちかわはるのじょう》を中心に、座員一丸《ざいんいちがん》となってのミニショーをご覧《らん》に入れます。第二部は特選狂言《とくせんきょうげん》のお芝居《しばい》〈月夜の暴《あば》れ傘《がさ》〉をご覧いただきます。そののち二十分間の休憩《きゅうけい》をはさみまして、え〜、第三部は舞踊《ぶよう》ショーをたっぷりとお楽しみいただきます。それではゆっくりおくつろぎになってご観劇《かんげき》ください。お花をちょうだいするぶんには、ゆっくりでなくとも構《かま》いません』

客席全体がどっと沸《わ》く。夏さんと多恵《たえ》ちゃんも手をばしばしたたいて笑っている。

花がどうしたって？

「ミニショー前にアナウンスなんてめずらしい。今日はサービス満点だね」

夏さんがいった。

笑いどころがわからないうちに、客席が暗くなり、するすると緞帳《どんちょう》が上がった。

舞台《ぶたい》には黒い着物を着た人が、いきなり五人もいた。

同じなのは黒という一点だけで、柄《がら》ときたら鬼《おに》やドクロ、昇《のぼ》り龍《りゅう》、大蛇《だいじゃ》……とにかく派手《はで》で目立つものばかり。

ラメ入りレインボーカラーの帯なんて、ぼくが知ってる和服じゃないよ。キラキラのレースを裾《すそ》にあしらったり、真ん中の役者さんにいたっては、スパンコールがちりばめられた黒い羽のマントをラスボスみたいに羽織《はお》っている。

真っ白に化粧《けしょう》された面《つら》がまえ。これでもかと黒で縁取《ふちど》られた両目。唇《くちびる》の凹凸《おうとつ》がふっくらと銀色とピンクで塗《ぬ》り分けられてる。

それに髪型《かみがた》！　青やピンクのカラーを入れた銀髪《ぎんぱつ》や金髪《きんぱつ》の大盛《おおも》りヘアだ。大衆演劇《たいしゅうえんげき》のカツラってチョンマゲとかじゃなかったの？

でも派手《はで》で現代的《げんだいてき》な着物と盛りヘア、目や唇を極端《きょくたん》に強調した化粧が不思議とぴったり合っている。

しかも腰《こし》には、小学生の絶対的《ぜったいてき》アイテムである刀を差しているではないか。

正直、見た目はまあ……カッコいいけどさ。

独特《どくとく》すぎる世界にくらくらしているうちに、さっきと同じくらい大きな音量で音楽が流れはじめる。

きゃあ、というより、ぎゃあァっという感じの大歓声《かんせい》があがった。

えっ。びっくりすることに、ぼくも知っている最新のアニメソングだ。

大衆演劇で、アニソン？

というか、歌ではじまるの？

大衆演劇っていうからには、お芝居《しばい》じゃなかったの⁉

五人の役者は合図もなしに距離《きょり》をとって、同じタイミングですらりと刀をぬく。

正面の、一番派手な羽つきマントの役者さんが片手《かたて》で刀をくるくると回しはじめた。

ものすごい速さだ。

あれ、柄《え》の持ち手のところどうなっているんだろ。

懐《ふところ》の前で回し、空中でくるんと一回転させ、後ろ手でパシッと柄をつかむ。あの人、絶対腕《うで》が三、四本あるでしょ。爆音《ばくおん》アニソンのサビのところで刀を振《ふ》りかざし、舞台《ぶたい》の板を片足《かたあし》でドンッと踏《ふ》みならして、歌舞伎《かぶき》で出てきそうな、なんだっけ——そう、見得《みえ》を切る。

うっ、よくわからんけどカッコいい……！　と言いかけたぼくの言葉は、ペンラを振りみだした夏《なつ》さんのさけび声にさえぎられた。

「花形ッ！　菊之丈《きくのじょう》ッ」

なんだよいちいちもう！

菊之丈《きくのじょう》と声がかかった役者が、客席にばちこんっと音が鳴りそうなウィンクを送った。ラメ入りの着物と、目元をばっちり強調したメイクもあいまって、ものすごいイケメンぶりだ。老若男女《ろうにゃくなんにょ》入りまじった、パッションあふれる歓声《かんせい》が湧《わ》き起こる。まさに花形という感じ。

多恵《たえ》ちゃんが笑って言った。

「夏《なつ》さん、今日もすごいね。推《お》しにハンチョウ、思いっきり大声で。決まるとスカッとするんだよねぇ」

「ハンチョウ？」

「かけ声のこと！」

気がつけば、暗い客席には左右にゆれるペンライトの波ができていた。

ペンライトを持っていない人たちは大きな手拍子《てびょうし》を送っている。

幕《まく》が開く前から最高に盛《も》り上がっていた客席だけど、踊《おど》りがはじまってしまえば盛り上がりを超《こ》えて爆発《ばくはつ》してる。

そんな客席の熱気を押《お》し返すように、舞台《ぶたい》では五人の役者が曲に合わせてところせましと暴《あば》れ回っていた。

暴れ回るといっても、あくまで中心は菊之丈さんだ。ゴージャスなカラスみたいな羽つきマントを真ん中にして、まるで舞台に渦巻《うずま》きの流れを描《えが》くように殺陣《たて》をしながら踊っている。時代劇《じだいげき》でよく見るような刀と刀の戦いを五人で、しかも踊りながらやっているようなものなのに、舞台でお互《たが》いにぶつかることもない。まさに阿吽《あうん》の呼《こ》吸《きゅう》、というやつだ。

ペンライトのゆれる光と手拍子に乗り、舞《ま》って舞って跳《と》ぶ。

舞台から二列目の席だから、役者が近すぎるほど近い。

だれかが跳躍《ちょうやく》すれば、糊《のり》のきいた着物が鳴る音がしゃらりと聞こえる。だん、と足で板を踏《ふ》みしめると、客席のざぶとんにまで振動《しんどう》が伝わってくる。袖《そで》がひらりとはためけば、ほのかに甘《あま》い、よい匂《にお》いがただよってくる。

そのすべてに圧倒《あっとう》されて、いつのまにか座席《ざせき》に背中《せなか》を強く押《お》しつけていた。

……ぽかんと見とれていたみたい。

気がつくと曲が終わっていて、夏《なつ》さんがぼくをのぞきこんでニヤニヤしていた。

「舞台《ぶたい》が近くておどろいた？」

「うん」

「ね、いいでしょ、初っぱなっからラストスパートって感じで」

初っぱなからラストスパート。

なんだか悔《くや》しいけれど、そんな言葉がぴったりだ。

「どこの劇団《げきだん》もだいたい最初は二、三十分の舞踊《ぶよう》ショーをするのが恒例《こうれい》になってるんだ。ただし、だれがどんな曲で踊《おど》るのか、当日の幕《まく》が上がるまでお客には見当もつかない。次々《つぎつぎ》に模様《もよう》が変わる万華鏡《まんげきょう》みたいな楽しみがあるんだよ。さっきの殺陣《たて》のメインは菊之丈《きくのじょう》。劇団風花《かざばな》の若手《わかて》のトップスターで、あたしの二番目の推《お》し」

「推し……」

「そう。推しがいると、生活がうるおって気持ちがプリンみたいになるのよ。プルンプルン」

ふふっと口元に笑みを浮《う》かべる夏さん。

まるで孫自慢《まごじまん》でもしてるみたいだ。

いや、ちがうかな。もっとこそばゆい。こう、見ているこっちまでドキドキするような……恋《こい》でもしているみたいだ、と恋などしたことがないぼくが思う。

推し、かあ。

ちょうど、次の曲のイントロがはじまる。右隣《どなり》の多恵《たえ》さんが水筒《すいとう》のお茶をすする音が、合いの手のようにズズズっと入る。

今度の曲は、さっきとは打って変わってしっとりとした演歌《えんか》だった。アニソンの次は演歌？　めちゃくちゃじゃない？

と、ここでアナウンス。

『お次はしっとり魅《み》せます。市川春之丈《いちかわはるのじょう》、若座長《わかざちょう》ッ』

多恵ちゃんがペンラ二本両手持ちで猛然《もうぜん》とウェーブをはじめた。

「春さまー！」

ひえっ。日本代表のサッカーで見るやつだ。

ぼくはあわてて多恵ちゃんを止めた。

「多恵《たえ》ちゃん、ちょ、座《すわ》って。座ってよ。後ろの人見えないでしょ」

多恵ちゃんは「わっ、ごめん、つい」と反省するふりをして、今度は座ったままウェーブする。なんで子どものぼくが注意しなくちゃいけないんだよ。

舞台《ぶたい》にすべり出てきたのは女性《じょせい》の役者だった。

椿《つばき》の刺繍《ししゅう》が入った着物の裾《すそ》を長く引きずり、舞台の中央でキメのポーズをとる。アップテンポなアニソンの余韻《よいん》でざわめいていた客席の雰囲気《ふんいき》が一瞬《いっしゅん》で変わる。ぴんと糸を張《は》ったような空気の中、つぼめた赤い唇《くちびる》。真っ白な頬《ほお》をかしげて、つっと指をそえる仕草《しぐさ》に、思わずどきりとしてしまう。

帯から扇子《せんす》をぬいてばらっと開き、水平方向にひらひらと宙《ちゅう》を切る。正面へ向けた扇子はまばゆい白銀だった。濃《こ》ゆい演歌《えんか》をバックに、なめらかな裾さばきで舞《ま》うさまは、ひれの長い金魚のようにも見える。

白っぽい扇子がひらめくようすが、まるで波みたいだ。

(あ。歌詞《かし》に海がはいってる)

曲と動きがぴったり合っている。

ぼくのいる方を振《ふ》り返り、流し目ぎみにほほえんだ春之丈《はるのじょう》さんにどきりとした。

こっちを見ただけで、ぼくを見たわけじゃないのに。

女性といえば母さんか姉ちゃんというぼくには、ちょっと刺激《しげき》が強いか、といえばそうでもない。だって現実《げんじつ》みがなくて、どこか、夢《ゆめ》の中を散歩しているみたいなきれいさなんだ。

小説に書きたくなるような……。

曲の終わりに、扇子の波に導《みちび》かれるようにして、ふわりとした足取りで花道をはけようとした春之丈さん。そこに舞台に近い座席《ざせき》に座っていたグレイヘアの男の人がすばやく近づいた。

暗がりでもわかるほど緊張《きんちょう》したようすで、春之丈さんの襟元《えりもと》にきれいな色の封筒《ふうとう》をクリップではさんでいる。いつのまにやら席を立っていた多恵ちゃんも同じことをしている。なんだろう？

拍手《はくしゅ》をしながら、ふと思う。

（ていうか……若座長《わかざちょう》って、女の人？）

もどってきた多恵《たえ》ちゃんが言った。

「あ〜、やっぱり春さまは最高だわ。でも今日は先をこされちゃったわねえ。あのお客さん、いつも若座長《わかざちょう》が最初に女形《おんながた》で踊《おど》るときにお花をつけにいかれるのよね。なのに立ち役のときはキョトンとしてるのが、おかしくてねえ」

「えっ、女形！」

ぼくはつい大声を上げてしまった。

演劇《えんげき》のことはよくわからないけど、女形くらい知っている。歌舞伎《かぶき》とかで見るやつでしょ。女性《じょせい》の装《よそお》いで芝居《しばい》をする男性《だんせい》の役者さん。

つまり目の前で舞《ま》っていたあの春之丈《はるのじょう》さんは、男の人ということだ。

すごいなあ……。

なんだかあぜんとしてしまう。

夏《なつ》さんがガハハと笑う。

「舞台《ぶたい》に上がりゃ現実《げんじつ》の性別《せいべつ》なんて関係ないよ。観る側が自由に、役者さんの中にそれぞれ虹《にじ》みたいな幻《まぼろし》を見るんだ。あのお客さんは、舞台でしか会えない幻の女に恋《こい》しちゃってんだろね。いいよねえ」

「はあ」

正直、なにが「いいよねえ」だかよくわからないや。

曲が変わるようだ。舞台上部のライトの色がめまぐるしく変わったかと思うと急に真っ暗になる。ふわっと浮《う》き上がるように紫色《むらさきいろ》のスポットライトが舞台中央をまるく照らした。アナウンスは入らない。

ぴいぃー、と笛の音が鳴り響《ひび》いた。リコーダーじゃなく、祭《まつ》り囃子《ばやし》で聞くような横笛の音だ。高低にゆれる音色に鼓《つづみ》の音がコンッと重なる。

――アニソンと演歌《えんか》の次は和楽？

ひらり、舞台に雪が降《ふ》りはじめた。舞台の上から降らせる演出《えんしゅつ》のようだ。風にふかれてはらはらと舞《ま》う雪がきれいだ。雪に気をとられていたぼくは、満場の拍手《はくしゅ》にハッとなった。

いつのまにか、スポットライトの真ん中に人影《ひとかげ》がたたずんでいた。

金色のぬいとりが入った紅《べに》の着物を着て、頭から白いうす布をかぶっている。

帯には扇子《せんす》と刀の鞘《さや》。

他の役者さんより背《せ》が低くて、体もまだまだ細いみたいだ。ぼくと同じ年ごろかもしれない。あの子が、夏《なつ》さんが言っていた「未来のバケモン」なのだろうか。

顔が気になるけど、うす布の向こうにかろうじて輪郭《りんかく》が透《す》けて見えるだけだ。

男の子か女の子かもわからない。それどころか、もしかしたら幻《まぼろし》かもしれないその子を、気がつけば食い入るように見つめていた。

帯から扇子を引きぬいて、ばらりと開く。

その音が響《ひび》くほど、客席はしんと静まりかえっていた。

ペンライトをゆらすお客さんもいない。

鼓笛《こてき》の音に、ガラスみたいに硬《かた》くて透き通った声が重なった。

これはこれ　源平《げんぺい》時代の兜《かぶと》
かむれば壮麗《そうれい》　桜花《おうか》の装《よそお》い
かざせば清香《せいこう》　梅花《ばいか》の嗜《たしな》み……

ぼくは息をのんだ。これまでの流れから、まさか役者本人が歌い出すとは思っていなかったからだ。古風な歌詞《かし》がむずかしくて、意味はところどころしかわからないけど……。

それより、マイクを通していないのに、どうしてこんなに声が響くんだろ？　優雅《ゆうが》さや情緒《じょうちょ》というより、舞台《ぶたい》を空気ごと切り裂《さ》くようなキツいするどさを感じさせる扇《おうぎ》の舞《まい》に、なんでここまで見とれてしまうんだろう。

一つひとつの動きに少しもブレがなくって、まるですべるように舞台を進んでいく。見ているうちに、不思議と姉ちゃんの人力車の力強い乗り心地を思い出す。

だんっ！

舞台の板を踏《ふ》みしだく大きな音で、気持ちが一気に舞台にもどる。
笛や太鼓《たいこ》のテンポが急に速くなった。

なじみのあるイントロに、ぼくはぽかんと口を開けた。

（うわあ、この曲知ってる！）

超有名《ちょうゆうめい》なボーカロイドの曲、「千本桜《せんぼんざくら》」。ただしぼくが知っているのとは雰囲気《ふんいき》も歌詞《かし》もちがうみたいだ。なんだこれ、和楽バージョン？

舞台上《ぶたいじょう》のその人は、リズミカルに足踏《あしぶ》みを続け、扇子《せんす》をおさめて、かぶっていたうす布をぱっと脱《ぬ》ぎすてる。

白く化粧《けしょう》した顔があらわれたのも一瞬《いっしゅん》だった。そのままくるりと一回り。次に客席に顔を向けたときには、なんと、赤い鬼《おに》のお面をつけていた。衣装《いしょう》とあいまって、まるで全身を真っ赤なインク……それか血にでも染《そ》めたようだ。

腰《こし》の刀をすらりとぬくさまが物騒《ぶっそう》すぎる。

なんだかパトカーでもすっとんできそうな舞台《ぶたい》になっちゃってるよ！

お面で変身したあとは、激《はげ》しい鼓笛《こてき》のリズムに乗って、まるで本物の鬼のように刀をふるい、暴《あば》れ回る。高く跳《と》んで、両足で着地したときには、舞台の板といっしょにぼくの全身がビリビリと震《ふる》えた。

暴れ回っているといっても、がむしゃらにやっているんじゃなくて、動きという動きがぴしりと決まっている。

まるで一人で殺陣《たて》をやっているようなカッコよさだった。

見ていると気持ちがわあっと走りだして、なんかもう、やけどしたみたいにヒリつきだす。

なんなんだよ、これ。

変じゃない?

これって、大衆演劇的《たいしゅうえんげきてき》にフツーなの?

そう感じると同時に、いつか、どこかでこんな光景を見たような、まるで正反対の不思議な感覚をおぼえる。

あぜんとしているうちにテンポがゆっくりと落ちてゆき、バージョンちがいの「千本桜」の歌が、横笛の余韻《よいん》と共に終わる。

最後はひざまずいた格好《かっこう》で演技《えんぎ》——そう、なんか舞踊《ぶよう》というより演技って感じだった——を終えた「鬼」が、ゆっくりと立ち上がる。

客席はどう反応《はんのう》していいかわからない感じでざわざわしてる。わかる。なんか、さっきの二曲とくらべると、ずいぶん変わった踊《おど》りだったし。

となりの多恵《たえ》ちゃんを横目で見たら、ポカンと口まで開いちゃってるじゃないか。

少しの間をおいて、どことなく取りつくろうようなアナウンスが入った。

『えー、本日も好き勝手に魅《み》せてくれました。むらさきッ！』

それをきっかけに、笑いと拍手《はくしゅ》がぱっと散る。

みんな、なんとなしに安心したみたいに、場内の雰囲気《ふんいき》が一気にゆるんだ。

やっぱり、あの子が「むらさき」なんだ。

舞台上《ぶたいじょう》のむらさきはお礼どころか、指一本すら動かさない。周りのお客さんも不愉《ふゆ》快《かい》には感じていないようだから、これがむらさきの平常運転《へいじょううんてん》なんだろうか。

でも、好き勝手って、同じ劇団《げきだん》の役者なのにどういう意味なのかな――。

拍手と笑いに包まれながら、棒立《ぼうだ》ちになっているむらさき。

舞台を支配《しはい》していたさっきまでとちがって、ポツンと浮《う》いているように見える。顔もわからない役者さんだけど、いまは、どこか独《ひと》りきりな姿《すがた》だった。

なんだか目をはなせない。

と、夏《なつ》さんが、ぼくにピンク色のフラワーレイをぽんっと差し出した。いつのまに買ったんだ⁉

「あたし、最近腰《こし》が痛《いた》くってね。ナリさん、悪いけど代わりにお花つけに行っとくれ」

「もう！　お花お花って、なんなんですか？　アナウンスでも言ってたけど……」

「野暮《やぼ》なこときくね。まあまあ、いいから行っちゃってよ、早く！　むらさきちゃんがはけちゃうじゃないの」

なんでぼくが？

しかも、フラワーレイって、フラダンスじゃないんだから。

ためらっているぼくを、夏さんは席からぐいぐいと舞台《ぶたい》のほうに押《お》し出す。ぼくってば、ちょうど舞台袖《そで》にはけようとしていたむらさきの目の前で、転びそうになってしまった。恥《は》ずかしすぎる。

子どもがお花をわたしにいくのがめずらしいのか、客席がざわっとする。

鬼《おに》のお面をかぶったままのむらさきが立ち止まった。舞台の上からぼくを見下ろす。

ぼくと同じ年ごろだという、むらさき。

どんな顔つきをしていて、どんな表情《ひょうじょう》を浮《う》かべているのかわからない。お面をつけていても、ぼくのことは見えているよね？

ぼくはとりあえずフラワーレイをずいっと差し出した。

「……これ」

つい、ぶっきらぼうな口調になってしまう。

むらさきは、まじまじとぼくを見つめる。早く受け取ってくれよ。「これ」がどうした、って自分が一番思ってるよ！

おもむろにひざまずいて頭《こうべ》を垂《た》れたその子に、ドギマギしながらフラワーレイをかける。ピンクのフラワーレイを首にかけた赤鬼《あかおに》、というおかしな図ができあがった。

劇場《げきじょう》内にわっと起こった歓声《かんせい》にたえきれなくて、ぼくは急いで客席にもどった。

感動した面持ちの多恵《たえ》ちゃんが拍手《はくしゅ》でむかえてくれる。

「推《お》しに出会ってしまったのね、夏《なつ》さんとこのお孫ちゃん……！」

出会ってないし、くり返すけど孫でもない。

ツッコミを入れ続けることに疲《つか》れて、ぼくはため息をつく。

舞台《ぶたい》ではとっくに次の演《だ》し物《もの》がはじまっていた。

むらさきより年上の役者さんたちがイマドキのＪ－ＰＯＰに乗って歌い舞《ま》うのを、ぼーっとながめる。ペンラの嵐《あらし》、ふたたび。でもぼくの心は、鬼《おに》の面をかぶったむらさきの姿《すがた》をまだ追いかけていた。


第一部のミニショーの次は、第二部のお芝居《しばい》がはじまる。

夏さんによれば、時代劇《じだいげき》のお芝居をするみたいだ。やっと、ぼくのイメージの中の「大衆演劇《たいしゅうえんげき》」っぽい舞台になるわけだけど、お芝居まで観てしまうと夕飯の時間に間に合わない。

自称《じしょう》・暗黒ネット小説家のぼくとしては、どちらかというとショーよりお芝居のほうに興味《きょうみ》がある。だからちょっぴり心残りだけど、一部の後の休けい時間に劇場をぬけ出すしかなかった。

〈いちのき演芸場《えんげいじょう》〉の入口兼《けん》出口まで夏さんが送ってくれた。チケット売りの仙《せん》さんはもういなかった。

ぼくは、傘《かさ》を傘用ビニール袋《ぶくろ》から引きぬこうとしてやめた。

舞台《ぶたい》を観ているうちに雨が上がり、雲の間から夕焼け空の切れはしがのぞいていた。

「おつかれさま。楽しかった？」

夏《なつ》さんが茶目っ気たっぷりにたずねてくる。

ぼくは少し考えてからうなずいた。

「──うん」

はじめて触《ふ》れた大衆演劇《たいしゅうえんげき》は役者さんも観客もクセが強くて、思ったよりもカッコよくて……そして真っ赤なむらさきがいた。

やっぱりまだちょっと、ぼうっとしているぼく。

夏さんがフフフと笑った。

「お月さまみたいな若君《わかぎみ》と思いきや、真っ赤な鬼《おに》の面をかぶったんじゃねえ。役者は一に声、二に顔、三に姿《すがた》なんて言うけれど……お客に顔をまったく見せないなんて。クセの強い、むらさきちゃんらしい。でも今日みたいに、お客さんの反応《はんのう》をちっとも考えずに突《つ》っ走るところなんて、まぁだまだ。あれじゃあ、兄さんの若座長《わかざちょう》も気を揉《も》んでるかもね。心配、心配」

ぼくがむらさきのこと思い出してたって、なんでわかったんだろ。

言葉とはうらはらに、夏さんは少しも心配してないって顔でまた笑う。

しょせん他人事って感じなのかな。それとも、ファンだから信じてるってやつかな。

そういや、二番目の推《お》しは菊之丈《きくのじょう》さんだと言っていたけど、まだ夏さんの本命の「推し」を知らないや――。

お礼を言って夏さんと別れ、家がある市役所方面に向かった。もうじき夜だというのに、雨がやんだからか、人はかえって増《ふ》えたようだった。

「また今度、三部通して観にきなよ。〈劇団風花《げきだんかざばな》〉は、芝居《しばい》の風花って言われるくらいお芝居が本格的《ほんかくてき》なことで有名だから」なんて夏さんには言われたけれど、また今度があるかどうかはかなり微妙《びみょう》なところだ。

大衆演劇のショーはたしかにビックリするほどすごかったけど、時代劇《じだいげき》のお芝居をわざわざ観にいくかといえばどうだろう。

やたら高いテンションは正直性格《せいかく》に合わないし、結局最後まで解《と》けなかったお花のなぞや独特《どくとく》のお化粧《けしょう》など、面食らうこともかなりあった。

一番ハードルが高いと感じたのは――平日だからかもしれないけど――小学生はぼくだけだったこと。

つまり、子どもが観るものじゃないっていう感じがしたのだ。

夏《なつ》さんや多恵《たえ》ちゃんにはちょっと悪いけど、たぶん〈いちのき演芸場《えんげいじょう》〉に行くことはもうないんじゃないかな。

ぼくにとって最初で最後の大衆演劇《たいしゅうえんげき》だったんだろう。

✿

うちは川越《かわごえ》スカラ座《ざ》の近くにあるふつうの一戸建てだ。

両親と姉ちゃんとの四人家族。五年生になってから、やっと鍵《かぎ》を持たせてもらった。

玄関《げんかん》のドアの鍵を開けようとして、ぴたっと体が凍《こお》りつく。図書館に行くとウソをついて繁華街《はんかがい》をぶらぶらした挙《あ》げ句《く》、見知らぬおばあさんに大衆演劇の観劇料《かんげきりょう》をおごってもらったことを改めて思い出したのだ。

（ざ、罪悪感《ざいあくかん》がハンパない……）

しかも、いま家にはぼくの生殺与奪《せいさつよだつ》を握《にぎ》っている証人《しょうにん》までいるはずだ。姉ちゃんはだいたい夕方すぎにバイトを切り上げるから。

ぼくは元々《もともと》そんなことをするタイプじゃないから、両親はぼくがウソをついているなんてきっと思いもしないだろう。

大丈夫《だいじょうぶ》、大丈夫。深呼吸《しんこきゅう》をして、ドアの鍵を開ける。

「ただいま」

靴《くつ》を脱《ぬ》ぎながらボソボソ挨拶《あいさつ》すると、玄関に一番近い書斎《しょさい》から、父さんのでっかい声が返ってきた。

「成里《なりさと》かぁ。おかえり！」

身長も体重も平均《へいきん》ちょい下のぼくとちがって、父さんは動物園から出張《しゅっちょう》してきたキリンかと思うくらい背《せ》が高い。さいたま市勤務《きんむ》のサラリーマンで、コロナ以後、すっかりリモートワークが多くなった。地元で同じくフルタイム勤務の母さんと交互《こうご》に書斎《しょさい》を使えるように、日にちを調整しているみたいだ。

もうじき六時半だから、そろそろ父さんも仕事上がりなのだろう。

廊下《ろうか》の先にあるリビングのドアが勢《いきお》いよく開いて、芙美《ふみ》姉ちゃんが顔を出した。

「おかえり。意外に早かったねえ、な・り・さ・と」

いかにも意味ありげな感じで名前を呼《よ》んでくる。いいかげんにしろよとランドセルを投げつけたいくらい腹《はら》が立つけど、証人《しょうにん》を敵《てき》に回すわけにはいかない。とりあえず、父さんに今日のことをチクる気はなさそうだ。

ぼくは手を洗《あら》ってからリビングに落ち着いた。姉ちゃんは、膝小僧《ひざこぞう》のところに穴《あな》の開いたジャージ姿《すがた》でソファに寝転《ねころ》びながらスマホをぽちぽちしている。自分の部屋でやってくれよ、もう。

「姉ちゃん。そのジャージ、ほんとお亡《な》くなりだから」

「うるさいな、お尻《しり》に穴開いたらお別れするわ。あ。今日の夕飯、デリバリーらしいよ。母さんちょっとおそくなるって」

「へえ。やった」

冷蔵庫《れいぞうこ》から出した麦茶をコップにそそいで、一気飲みする。知らないうちに、喉《のど》がひどくかわいていたみたいだ。キッチンカウンターのスツールに腰《こし》かけてから、気になっていたことを思い出す。

たっぷり数十秒迷《まよ》ってから、ヒソヒソ声でたずねてみる。

「姉ちゃん、あのさ、今日のその、アレなんだけど――」

「うん？　……ははぁ、大衆演劇《たいしゅうえんげき》のこと？」

声が大きいのは完全に父さんゆずりだ。とたんにニヤつきだした姉ちゃんに、しーっ！　とする。

「姉ちゃんも観にいったことあるの、あれ」

「え？　うん、ちょいちょい。バイトの帰りとか。スカッとして疲《つか》れがとれるんだよねぇ。あたしは好き」

姉ちゃんは、ぼくとちがってスキとかキライをはっきり口に出すタイプ。

「じゃあ、ちょっときくけど——お花ってなんのことか知ってる？　お花をつけるとか言ってた。あと、なぞのフラワーレイ」

そのフラワーレイがピンクだったこと、まさか自分がそれを「むらさき」にかけにいったことは絶対《ぜったい》に言いたくない。姉ちゃんがふきだした。

「あれね。なぞだよね。全部の劇団《げきだん》じゃないけど、フラワーレイ売ってるとこちょいちょいあるよね。まあ、フラワーレイもお花の一種かな」

「だから、お花ってなに」

野暮《やぼ》ねえ、と、夏《なつ》さんとまったく同じことを姉ちゃんが言う。

「ご祝儀《しゅうぎ》よ」

「ご祝儀って……」

「封筒《ふうとう》とか、お札をクリップで役者さんの着物にはさみにいった人とか見なかった？」

「ああ、いたいた……ってお札⁉」

「封筒の中身はお金だよ。お札をそのまま可愛《かわい》いクリップではさむ人もいる。ご祝儀ってそういうこと」

ええっ、なんか直接的《ちょくせってき》すぎない？

「じゃあフラワーレイは？」

「グッズはぜんぶ劇団が売店に持ちこんでるからね。劇団からフラワーレイを買って、推《お》しの役者さんにプレゼントすれば、フラワーレイ代のちょっとしたお金で、役者さんを応援《おうえん》できるってわけ。フラワーレイは、高額《こうがく》なご祝儀まではちょっと……ってファンとか、劇場《げきじょう》初心者にはありがたいよね」

たしかに、お札をクリップではさむよりかはハードルが低いけど……。

つまり、ぼくははじめて観にいった大衆演劇《たいしゅうえんげき》の公演《こうえん》で、しかもお客さん全員の前でむらさきにご祝儀をわたしたってことになる。

ただのフラワーレイでも恥《は》ずかしいっていうのに、小学生男子がお花をつけにいったんだから、あのときお客さんが沸《わ》いた理由もわかる。ぼくと同年代のむらさきがジロジロ見てきたはずだよ。

（ウソだ……ぼくの三ナシ・ポリシーはいずこへ！）

いまになって、自分の墓穴《ぼけつ》をほりはじめる。

「まあ、どんな形のお花も愛だよ、愛」

姉ちゃんの言葉がトドメを刺《さ》しにくる。

ぼくはむらさきに愛をわたしてしまったわけ？

「ハンチョウにもご祝儀《しゅうぎ》にも、お芝居中《しばいちゅう》は遠慮《えんりょ》するとかいろんなマナーがあるのよね。あくまで役者さん方の邪魔《じゃま》にならないように、でも推《お》しへの気持ちを表現《ひょうげん》して、私《わたし》の推しはすごいんだぞ！ってみんなに見せびらかすのよ。ね。愛でしょ、愛」

どないや、と胸《むね》を張《は》らんばかりの調子でそうしめくくる姉ちゃん。

これ、完全に推しがいる人の台詞《せりふ》だよな？

推しなんて、ぼくにはいらないけどさ。


ぼくは適当《てきとう》に話を切り上げると二階にある自分の部屋に行った。電気をつけて、机《つくえ》の上に出しっぱなしのノートPCを起ち上げる。

いつもなら夕食までに宿題と通信塾《つうしんじゅく》のタブレット学習を終えるんだけど、いまはどうしてもその気になれなかった。

ネット小説投稿《とうこう》サイトのマイアカウントにアクセスして、いま執筆《しっぴつ》している小説『ねこ探偵《たんてい》サバトラ』の執筆ページを開く。『ねこ探偵サバトラ』は、飼《か》い主の家の近くに落ちた隕石《いんせき》の影響《えいきょう》で、人間並《な》みの知力を持ってしまったサバトラ模様《もよう》のねこの一大冒険探偵物語《だいぼうけんたんていものがたり》――になる予定だ。

ばりーん！　という大きな音がきこえ、同時にケージが理科の放電実験のようにビリビリとふるえはじめた。サバトラはケージの中でびくっとしっぽを上げた。ケージがビリビリと

ケージよ、おまえはすでに震《ふる》えている。

ぼくは五分もたたないうちに入力をやめた。一応上書き保存《いちおううわがきほぞん》してから、白い執筆ページに向かってため息をつく。

さっき麦茶を飲んだばかりなのに、なぜかもう喉《のど》がかわいてる。

胸のあたりに、劇場《げきじょう》であてられた熱がまだわだかまっている気がする。

興奮《こうふん》がおさまってないのかな。もう行かないだろうと思ったばかりなのに、また思い出しているのがその証拠《しょうこ》かもしれない。

〈劇団風花《げきだんかざばな》〉と、〈いちのき演芸場《えんげいじょう》〉。

——本当に幻《まぼろし》みたいな、不思議な空間だった。

チケット売りの仙《せん》さん、おにぎりやグッズがひしめく小さな売店。

開演《かいえん》前の熱気、お面かと思うほど厚《あつ》い白塗《しろぬ》りの化粧《けしょう》。きらきらした羽つきマント。刀の切っ先が客席までとどきそうな、迫力《はくりょく》いっぱいの殺陣《たて》。若座長《わかざちょう》、春之丈《はるのじょう》さんの艶《つや》っぽい扇《おうぎ》の舞《まい》とグレイヘア、お花をクリップ。

むらさきのガラスみたいな声とするどい踊《おど》り。しかも鬼《おに》だし。

お兄さんだという春之丈《はるのじょう》さんみたいな優雅《ゆうが》さもなければ、お客さんに愛嬌《あいきょう》をふりまくわけでもない、それどころか他人の目なんていっさい気にしないと切って捨《す》てるような、張《は》りつめた踊り。

そう、張りつめた……。

（あっ）

ぼくは勢《いきお》いよく立ち上がって父さんがいる書斎《しょさい》に向かった。

ドアをノックすると、中から父さんが「はーい」と返事をした。オンラインミーティング中だったりすると返事してくれないから、入っていいぞのサインだ。ドアを開けると同時に勢いこんでたずねた。

「父さん、昔見せてくれた、浮世絵《うきよえ》の本。あれ、まだある？」

アームチェアごと振《ふ》り返った父さんは、突然《とつぜん》なんだという表情《ひょうじょう》だ。

「急にどうしたんだ？　浮世絵の画集なら何冊《なんさつ》かあるけど……」

書斎の本棚《ほんだな》は二面あって、両親がそれぞれ自分の本を置いている。左の父さんの本棚には専門書《せんもんしょ》や仕事の本がきっちりと詰《つ》まっている。ちなみに右の母さんの本棚は、マンガと小説でぱんぱんだ。

「なんか月の絵がいっぱいあるやつ。どこかにあったよね？」

「月の絵がいっぱい……月の絵……はは あ」

父さんは思い出したようにうなずくと、ごちゃっとした本棚から迷《まよ》いなく――迷わないのが不思議でたまらないけど——一冊の画集をぬき出した。

「月といえば、たぶんこれかな」

父さんが差し出した画集の表紙には、『月百姿《つきのひゃくし》』と大きく題されていた。

浮世絵師《うきよえし》の名前は、月岡芳年《つきおかよしとし》。

画集の内容《ないよう》をくわしく覚えているわけじゃないけど、たしか月をテーマにした絵ばかりがおさめられていた。中には妖怪《ようかい》や幽霊《ゆうれい》の絵なんかもあって、小さいころのぼくにはちょっと怖《こわ》い本でもあった。

パラパラとページをめくって、目当ての絵を探《さが》す。

「あった！」

「ああ。この絵、この絵」

父さんがうれしそうに言った。

「なつかしい。小学校一、二年のころかなあ、おまえを膝《ひざ》に乗せて、よく話をしてやったよな。牛若丸《うしわかまる》が、のちに家来になる弁慶《べんけい》と、扇子《せんす》一本で勝負しているシーン。おまえ、牛若丸と弁慶の対決の話を聞かせろって、ねだるのなんの」

芳年『月百姿　五條橋の月』，秋山武右エ門，明治 21.
国立国会図書館デジタルコレクション https://dl.ndl.go.jp/pid/1306416（参照 2024-06-06）
出典：NDL イメージバンク

絵のタイトルは「五條橋《ごじょうばし》の月《つき》」。

赤い着物に黒い鎧《よろい》を着た牛若丸《うしわかまる》が、うす紅色《べにいろ》のうす布をかぶって、五条橋《ごじょうばし》をまたぐように飛び上がっている。扇子《せんす》を投げつけるようすが、するどく、まっすぐに描《か》かれていて、いまにも絵から飛び出してきそうな迫力《はくりょく》があるんだ。

父さんがくすくす笑う。

「聞かせてって言うくせに、話をすると毎回のように泣いたもんだから、父さんもよく覚えてるよ」

「えっ、泣いたって?」

そこまで覚えていない。父さんは人の悪い笑《え》みを浮《う》かべている。

「なんだ、自分に都合の悪いことは覚えていないのか。ほら、牛若丸が弁慶《べんけい》と対決した月夜は、修行先《しゅぎょうさき》の鞍馬山《くらまやま》に帰る前夜だったっていう話……」

父さんはなつかしそうな目をして、久《ひさ》しぶりに話をしてくれた。

——鞍馬山で修行をしていた牛若丸は、ある日どうしてもお母さんが恋《こい》しくなって、山を下りて京の都にいるお母さんに会いに行った。でも、せっかく会えたお母さんには、鞍馬山に帰るよう言われてしまった。

次の朝には山にもどろうという夜に、都を散歩していた牛若丸。五条橋に差しかかったときに、暴《あば》れ者として有名だった弁慶に勝負を申しこまれる。まだ幼《おさな》いのに牛若丸は戦いをおそれずに、大男がふるう薙刀《なぎなた》に扇《おうぎ》ひとつで立ち向かって勝利した。そして大人になって、戦《いくさ》の天才といわれたあの源義経《みなもとのよしつね》になったのだ。

「まあ、父さんもちょっと話を盛《も》って聞かせたけど……ナリは、この話の牛若丸が、大好きなお母さんに帰れって言われたのが悲しかったのかな？　生まれつきの天才でも、心の中はつらかったろうから。さびしくて、悲しいのにカッコいいよな。牛若丸って」

あらためて画集を借りて部屋にもどった。

机《つくえ》のパソコンをスリープにし、ベッドに腰《こし》かけて「五條橋の月」をながめる。

むらさきの舞台《ぶたい》を見ながら、どこかで見たことがある光景だと思ったのは、この浮世絵《うきよえ》を思い出したからにちがいない。

むらさきは、この牛若丸《うしわかまる》よりもずっと乱暴者《らんぼうもの》に見えたけど……というか、どっちかというと弁慶《べんけい》っぽかったけど。

でも、たとえ怖《こわ》い鬼《おに》のお面をかぶっていても、ぼくには、舞台《ぶたい》のむらさきがこんなふうに見えたんだ。

……どこか張《は》りつめて、独《ひと》りぼっちに見えたんだ。

昨日《きのう》の晴れ間がうそのように、翌日《よくじつ》は朝からまた雨だった。

いつも通り六時半に起きて、家族におはようと言う。インスタントみそ汁《しる》とふりかけご飯の朝食を食べ、七時四十五分には家を出発。三ナシな生活を送るためにも、遅《ち》刻《こく》は厳禁《げんきん》なのだ。

教室に入っていくときに小声で挨拶《あいさつ》するけど、わざわざぼくに声をかけてくる人はいない。

朝の会がはじまり、何事もなく終わる。人知れず、ぼくは全身が一本の針《はり》になったみたいに、アイツが座《すわ》っている窓《まど》ぎわの席に神経《しんけい》を集中させている。

昨日のことを菅野《すがの》がどう思っているのか。ぼくは軽蔑《けいべつ》ままなのか、それともぼくのことなんて道ばたの石ていどにも気にしていないのか……想像《そうぞう》しただけで胃《い》が痛《いた》くなる。

例のイジリ三人衆《にんしゅう》は、ラスボスの山口《やまぐち》さんが遅刻しているからか、いつもよりおとなしい。ふだんからこうだといいのにな。

一時間目は理科。理科の教科担任《たんにん》の先生はだいたい少しおくれてくるから、クラスは休み時間かと思うくらいザワザワしてる。見るともなしに理科の教科書をパラパラめくりはじめたとき、教室のドアがガラッと開く音がした。

今日は教科担任が早めに来たのかな？　それくらいに思っていたけど、ふと周りがやけに静まり返っていることに気づく。

顔を上げてすぐに、みんなが黙《だま》りこんだ理由がわかった。

見たこともない男子が、クラスの中に入ってきていた。背《せ》が高くて、迷彩柄《めいさいがら》の長T

にだぼっとしたチノパンという格好《かっこう》だからか、中学生みたいなちょっと大人っぽい雰《ふん》囲気《いき》だ。

――え、やばい。どっから来たの？

しんとしていた教室が、あっという間にざわつきだした。

「え、転校生かなんかですか？」

「だったら朝の会で言ってたでしょ」

「不審者《ふしんしゃ》じゃない」

本当にヤバイやつだったらどうしよう⁉

不審者は、なにかを探《さが》すような足取りで教室中をうろうろし、ついに空いている机《つくえ》を見つけて椅子《いす》を引いた。

なんで、よりによってぼくの後ろの席なんだよ。宮田《みやた》さん、今日にかぎって欠席なんてひどい……！

知らない人って苦手だ。

うつむいたままコンクリートになっているぼくをよそに、開きっぱなしのドアから理科の教科担任《たんにん》の先生が入ってくる。

先生はぼくの後ろの何者かに気づくなり、のんびりとソイツに声をかけた。

「あれえ。職員室《しょくいんしつ》では明日からと聞いてたんだけど、間に合ったのね。よかった、よかった。ようこそ中ノ門小学校へ、えーと……」

真後ろから、はっきりとよく通る声が聞こえた。

「若宮紫寿《わかみやしのぶ》です」

クラス全体がわっと盛《も》り上がった。

やっぱ転校生かぁ、とか、荒川《あらかわ》先生忘《わす》れてたんじゃない、といった茶々《ちゃちゃ》が入る。

ぼくはホッとした。

でも六月になって転校だなんて、なんだか時期はずれだなあ。

「じゃあ、若宮紫寿さん。いまはとりあえずそこに座《すわ》ってもらって、二時間目から新しい机を入れてもらうように荒川《あらかわ》先生に伝えておきますね。以前の学校と教科書がちがうかもしれないけど、授業《じゅぎょう》をしっかり聞いておいてください」

転校生のワカミヤシノブは、ちょっぴりおどけた調子で「はぁい」と答えた。

こういう細かいところで、少なくとも陰《いん》キャではないことがわかる人っているよな……。

先生はプロジェクターを使って、ものの燃《も》え方の観察について解説《かいせつ》しはじめる。クラスのようすがやっとふだんどおりにもどった。

ぼくは小さく深呼吸《しんこきゅう》し、ノートをとりはじめる。

落ち着くひまもなく、後ろの転校生が肩越《かたご》しに話しかけてきた。

「すごい偶然《ぐうぜん》」

「え?」

突発的事態《じたい》の五月雨撃《さみだれう》ちに、心拍数《しんぱくすう》が一気に上がる。

偶然って。なんのことだろう。

「なんだよ、わからない?」

おまえこそなんだよ、と言いたいけどやっぱり黙《だま》ってしまう。うちで家族と軽口をたたき合っている成里《なりさと》なら言い返したかも、じゃなくて。

転校生からふわんといい香りがする。

石けんやシャンプーの香りともちがう、ちょっと甘《あま》くて、まるい香り。そう、どこかで嗅《か》いだような……。

ライオンにねらわれた獲物《えもの》みたいに固まっているぼくの耳元で、硬度《こうど》の高い石を思わせる声が聞こえた。

「──かむれば壮麗《そうれい》、桜花《おうか》の装《よそお》い」

その、独特《どくとく》な節回し。

ぼくは無難《ぶなん》も無風も忘《わす》れて、勢《いきお》いよく後ろの席を振《ふ》り返った。

振り返ってしまった。

（うそだ。うそだ。うそだ）

切れ長の一重が印象的《いんしょうてき》な少年が、ぼくを見つめてイタズラっぽく笑っていた。

「昨日《さくじつ》はけっこうなお花をちょうだいいたしまして、エ、まことにありがとうございました。……今後とも、ぜひご贔屓《ひいき》に」

よっ、ハリウッド！

思わずツッコみたくなるような完璧《かんぺき》なウィンク。ぼくは呆然《ぼうぜん》としてソイツを見つめるしかない。
梅雨《つゆ》を切り裂《さ》くようにして、むらさき色の旋風《せんぷう》がやってきた。

第三幕《まく》　風吹《ふ》く役者

二時間目のはじめに、荒川《あらかわ》先生がごまかし笑いをした。

「ごめんごめん、今日の終わりの会で言おうと思ってたんだ。でも転校生が来るっていうことは、前に言っただろ」

聞いてないー、と方々《ほうぼう》からツッコミが入る。先生、おっちょこちょいすぎるだろ。

国語の授業《じゅぎょう》の開始を少しずらして、転校生の紹介《しょうかい》がはじまった。荒川《あらかわ》先生が、名簿《めいぼ》を見ながら黒板にチョークで書いた。

若宮　紫寿
わかみや　しのぶ

あ、名前の漢字にむらさきが入っている。

じつは、一時間目の後、片手《かたて》を上げて席に近づいてきた若宮紫寿《わかみやしのぶ》を、ぼくは本能的《ほんのうてき》に避《さ》けてしまった。また話しかけられる前にと、ダッシュでトイレに駆《か》けこんでしまったのだ。

まだ頭の中がこんがらがっている。

若宮は本当にあの〈劇団風花《げきだんかざばな》〉の役者むらさきなのか？

ぼくがトイレからもどったときには、若宮はすでに、教壇《きょうだん》前に追加された新しい机《つくえ》の椅子《いす》に席をうつしていた。たくさんのクラスメートに取り囲《かこ》まれて、「紫寿、紫寿」と下の名前で呼《よ》ばれていたりして。ぼくには絶対《ぜったい》にない、おそるべきコミュニケーション能力《のうりょく》だ。

若宮は一番前の席で、長い足を机の前に投げ出して座《すわ》っている。だらしない姿勢《しせい》だけど、そんなさまですら、垢《あか》ぬけた雰囲気《ふんいき》の若宮には似合《にあ》っているのだった。

先生が言った。

「若宮さんは、おうちの事情《じじょう》で、これから一ヶ月弱、中ノ門小学校で過《す》ごすことになりました。みんな、移動《いどう》教室の場所や教科書の内容で若宮さんがわからないときは、親切に教えてあげるんだぞ」

みんなにまじって、はーい、と、小さく返事をする。

一時間目に十分も遅刻《ちこく》してきた勇者、山口《やまぐち》さんが手を挙げた。

「なんで一ヶ月なんですか？」

チラチラと若宮の後ろ姿《すがた》に目をやっている。突然《とつぜん》クラスにあらわれた若宮がかなり気になるみたいだ。

「なんで先生にきくんだ？」

速攻《そっこう》で質問《しつもん》返しした先生に、みんながくすくす笑う。

「プライバシーや個人情報保護《こじんじょうほうほご》の問題もあるから、そういうことは、先生から答えられません。こないだの情報の授業《じゅぎょう》ちゃんと聞いてたか？」

山口さんがふてくされたようすで黙《だま》った。

「で、なんで一ヶ月なの？　ガチ気になる」

お調子者の笹塚《ささづか》が即蒸《そくむ》し返して、また笑いが起こる。

ぼくはそっとため息をついた。

(こんなにアレコレきかれるの、嫌《いや》じゃないかな)

たまに、学校を欠席する理由をしつこくきかれたりすると、ぼくはすごく嫌だったけど。若宮《わかみや》はそんなことないみたいだ。前を向いたままあっさりと答える。

「べつにいいけど。旅役者だからだよ」

「旅役者って?」

笹塚《ささづか》がきょとんとしてたずねた。

「大衆演劇《たいしゅうえんげき》の役者なんだよ。全国の劇場《げきじょう》や娯楽施設《ごらくしせつ》をめぐって、一ヶ月間ずつ公演《こうえん》するんだ。うちの劇団《げきだん》、今月は川越《かわごえ》市内の劇場でやってるから」

やっぱりそうなんだ。

——じゃあ若宮は本当に、あの牛若丸《うしわかまる》なんだ!

うわ、まじで。まじで!

テレビで見ていた人がいきなり目の前にあらわれたら、こんな感じがするのかな。

牛若丸を見たのは地元の演劇場だけど。

でも、一ヶ月しか学校に来ないなんてビックリだ。友だちとか、できるんだろうか。

クラスにずっといるぼくでもできないのに……考えて地味に傷《きず》つく。

大衆演劇という言葉に、教室がどっとざわつきはじめる。

川越には、大衆演劇が観られることで有名なホテルがあるし、このあいだ連れられて行った〈いちのき演芸場《えんげいじょう》〉も新しくオープンしたから、行ったことはなくても大衆演劇のイメージってあるよな。

「じゃあ、若宮って役者の仕事やってるんだ？　子役ってやつ？」

「すげー！」

「うちのママ、大衆演劇めっちゃ好き。毎月通ってる」

「うちはたしか、ばあちゃんが好き」

教室が盛《も》り上がってきたのをよそに、当の若宮はどこかつまんなそうに黒板の日付のあたりをながめている。

咳《せき》ばらいをして、荒川《あらかわ》先生が言った。

「はーい、そこまで。静かにして。自己紹介《じこしょうかい》もすんだところで、国語の授業《じゅぎょう》はじめるぞ！　教科書四十ページ……」

どこかソワソワした雰囲気《ふんいき》を残して、みんな授業《じゅぎょう》モードに切り替《か》わる。もちろん、一番ソワソワしているのはぼくだろうけど。

浮《うわ》ついた気分で、国語の教科書を開いたときだった。強烈《きょうれつ》な視線《しせん》を感じて、ぼくはハッと顔を上げた。

でも、だれとも目が合わない。

不思議に思ったとき、視線の主がやっとわかった。びっくりすることに、それは窓《まど》ぎわの席の菅野三好《すがのみよし》から発せられていた。

もしまなざしに色をつけたら、ビームみたいにビカビカ光りそう。それくらい強烈に、一点集中で、教壇《きょうだん》前の転校生の背中《せなか》を見つめている。

いつもだったら、ちょっとでも見たらすぐに目が合うくらい視線には敏感《びんかん》な菅野なのに、いまはぼくがまじまじと見ていても少しも気づかない。それくらい、若宮《わかみや》に夢《む》中《ちゅう》になっている。まるで、怒《おこ》っているのかと思うくらいだ。

(なんだろう。菅野《すがの》も演劇に関わりあるのか……?)

その疑問《ぎもん》は、次のロング休み時間になってますます深まった。

ぼくと同じように、休み時間はほとんど自分の席で一人で過《す》ごす菅野が、めずらしく自分から若宮紫寿《しのぶ》の席に行ったのだ。

転校生の席に集まっていたほかの人にまじって、若宮になにか話しかけているようだ。それまで、どちらかというとクールな態度《たいど》で相づちを打つだけだった若宮が、菅野の話に反応《はんのう》したみたい。

短い会話を交わして、菅野は自分の席にもどった。見ていたことを気づかれないよう、ぼくはさっと顔を伏《ふ》せる。

ぼくが偶然《ぐうぜん》お花をあげることになった若宮と、ぼくを軽蔑《けいべつ》している菅野三好。二人がどんな話をしたのか、気にならないと言えばうそになる。

でも、そろそろこのへんで、自分のモットーを思い出そう。

インパクトは隕石級《いんせききゅう》だけど、見るからにヤバそうな暴《あば》れん坊《ぼう》「むらさき」と、ぼくの羞恥心《しゅうちしん》の象徴《しょうちょう》であり、トラウマになりつつある菅野。

もやもやは残るけれど、卒業まで無難《ぶなん》に学校生活を送りたいなら、ぼくは二人から逃《に》げるべきだった。

＊

時期はずれの転校生がやってきてから約一週間が経《た》った。

若宮紫寿《わかみやしのぶ》についてわかったこと、その一。基本的《きほんてき》に自分からは人に話しかけない。

その二。ルーズなTシャツやチノパンが好き。服装《ふくそう》そっくりな態度《たいど》で、一番前の座《ざ》席《せき》にだらんと座《すわ》ってる。

その三。ランドセルの代わりにリュックサックを使っている。うちの学校は高学年からはリュックで学校に来てもいい。若宮にランドセルは似合《にあ》わなそう。

その四。学校に借りている――山田中が聞き出した――教科書は開くけど、ノートはとらない。だいたい眠《ねむ》そうにしていて、授業《じゅぎょう》中に机《つくえ》に突《つ》っ伏《ぶ》して寝《ね》ているときもある。だから時々《ときどき》先生に注意される。

その五。決まりごとのように毎日淡々《たんたん》と、終わりの会がはじまる前に早退《そうたい》する。

その六。若宮は意外と話上手だ。

クラスメイトに話しかけられても、めんどくさそうにしているのに、答えるときはちゃんとしている。

「大衆演劇《たいしゅうえんげき》って、すごいお化粧《けしょう》するんでしょ。おすすめのアイライナーってある？」

と、きかれたら、

「舞台用《ぶたいよう》ならルボタンライン艶《つや》なしタイプ。ドラッグストアでも買えるやつなら、ヒロインメイクの嵐《あらし》にも負けないいなんちゃら」

と、めんどくさそうに、でもすらすらと答える。

他人に興味《きょうみ》があるのかないのかわからない。

でも山田中が菅野《すがの》にからんでいると、

「それ、わざわざ梅雨《つゆ》どきにやることかよ。ウザってェなあ」

なんてカッコよく切り捨《す》てて、山田中の顔を赤くさせる。

ほんと、つかめないヤツなんだ。

とにかく若宮紫寿が来てから、六年一組は少しだけ変わったかもしれない。

山田中はすっかり菅野を忘《わす》れてターゲットを若宮にうつした。

きっと一時的なものなんだろう。でも、生理用ナプキンを持ち出して菅野《すがの》をイジる……いやイジメるよりは、テレビに出てる大衆演劇《たいしゅうえんげき》の役者さんの話をして、若宮《わかみや》にめんどくさがられているほうが、たぶんまだいいだろう。

そしてぼくはといえば——一週間、全力で逃《に》げ続けていた。

トイレに逃げこんでまで避《さ》けた手前、言葉を交わすタイミングを完全に失ってしまったのだ。

若宮は休み時間に何度かぼくに話しかけようとしてたけど、その度に用事があるふりして廊下《ろうか》に出たり、まあ、トイレに行ったりした。そうするうちに、若宮がぼくに目を向けることもなくなった。

「あんた、かなりのバカねえ」

ナポリタンスパゲッティをもりもり食べながらそう言ったのは姉ちゃんだ。

ぼくが夕食をあまりにも食べないから、両親もいるテーブルでしっかり事情聴取《じじょうちょうしゅ》されてしまったのだった。

じつはこの一週間ほど食欲《しょくよく》がすっかり落ちている。

——最初に逃げたのは、わざとじゃなかったんだ。

ただ、舞台《ぶたい》の上でうす布をかぶって舞《ま》っていた「むらさき」が急に目の前にあらわれて、頭が真っ白になってしまった。

せっかく話しかけてくれた若宮に悪いし、ごめんねと声をかけられない自分のことが前よりさらに嫌《いや》になる。

「照れてるだけのくせに。むらさきちゃんに申《もう》し訳《わけ》ないでしょ」

姉ちゃんがずけずけ言う。

「中ノ門小って、たしかに前にも大衆演劇の役者さんのお子さんがいたよね？　芙美《ふみ》ちゃんのときにも」

言いながら、母さんがパックに入った「切れてるリンゴ」をテーブルの大皿にどさっと空けた。姉ちゃんがガサツなのは完全に母さんゆずりだ。

「いたいた。クラスはちがったけど、やっぱり一ヶ月だけ」

うちの家は代々《だいだい》川越《かわごえ》市民だ。母さんも父さんも川越市で育った。父さんにいたっては中ノ門小出身というスーパー地元民である。

父さんが言った。

「そうだなあ。おれのときも何人かいたよ。一ヶ月より短い子もいた気がするな……。あと、その若宮《わかみや》くんとちがって、登校もおそいし、ろくに授業《じゅぎょう》も受けずに早退《そうたい》していったっけ。稽古《けいこ》が深夜まであるとかで。あんまり交流はなかったな」

「そう、そう」

母さんが相づちを打つ。

「お母さんが小、中学生のときもいたっけね。子役のお仕事のことでからかわれて、イジメにあったりして。いま思えば、もっと話しかけたらよかったなあ……」

若宮は、初日以外は学校におくれたことはない。毎日早退することと、運動会の練習は見学していること以外は、クラスのみんなといっしょに行動してる。

時代もあるのかな——父さんがつぶやいた。

「ナリ。こないだ画集を借りに来たのは、その若宮くんに関係あるのか?」

ぼくは首を横に振《ふ》った。

「べつに。ちょっとなつかしくなっただけ」

「そうかぁ？」

素知《そし》らぬという顔をして、父さんが湯飲みを手に取る。

時々《ときどき》、家族という名前のせまくて深い池で泳いでるんじゃないかと思うことがある。家の中はすごく居心地《いごこち》がいいから。口に出さなくてもわかってくれる。でも学校ではそうはいかない。

心の奥《おく》にあることを話すのが苦手だ。それこそ低学年のころから。

姉ちゃんがうーんとうなる。

「あのさあ、ナリ。さっきは申《もう》し訳《わけ》ないでしょって言ったけどさ。そういうんじゃなくてさ……」

じゃあ、どういうのだよ。

ぼくは冷え切ったスパゲッティにフォークをぶっ刺《さ》して、ぐるぐる巻《ま》きつける。

「人力車で走ってるとさ、乗り入れ中、運び出し中の劇団《げきだん》さんも見かけるの。毎月、月末の劇団の入れ替《か》わりのとき。大衆演劇《たいしゅうえんげき》の劇団さんってとんでもない量の荷物といっしょに全国を移動《いどう》してるんだよ」

「毎月だもんなぁ」

と父さん。

「あと夏《なつ》さんだけじゃなくて観劇《かんげき》前のお客さん、観劇後のお客さんにも、けっこう人力車に乗っていただくのよ。毎日通っている人もいる。一週間、一ヶ月に一度だけ来る人も、はじめての観劇ですって人もいたりして」

姉ちゃんがリンゴをしゃりっとかじった。

「大衆演劇《たいしゅうえんげき》の看板《かんばん》を見てるとね、なーんか桜《さくら》っぽいなと思うよね。月のはじめに立った劇団《げきだん》のノボリが、桜が散るみたいに、気がついたら変わってる。若宮《わかみや》くんとナリの、一ヶ月っていう感覚やそこにかける思いは、もしかしたらちがうかもしれんよ。三十分の人力車ツアーを、あっという間でしたと言う人もいれば、けっこう長く走るんですね、って言う人もいるみたいに。ナリはこの一ヶ月をどういう一ヶ月にすんのかね。

……知らんけど」

姉ちゃんがリンゴをぼくの分までかじった次の日も、ぼくはいつもの三ナシで学校を乗り切った。

放課後はいったん家に帰って宿題とタブレット学習をすませてから、図書館へ行くことにした。ねこの行動についての資料《しりょう》を借りるついでに、図書館でネット小説の続きを書くつもりだった。

朝から霧雨《きりさめ》。

傘《かさ》を差すべきか、たたんで自転車に乗っていくべきかで迷《まよ》ってしまう空模様《そらもよう》だ。結局傘を差すことにした。行きなれた道を歩きながら、昨日《きのう》の姉ちゃんの言葉を思い出してしまう。

今日もぼくは、若宮紫寿《しのぶ》に声をかけることができなかった。

昨日の夕食の後、もう逃《に》げないことに決めたけど……。せっかく視線《しせん》が合ったのに、近寄《ちかよ》ることも声をかけることもできなかった。結局、三秒ほど見つめ合って、若宮のほうから視線をそらした。その後に大あくび。

（嫌《きら》われて当たり前だよな）

落ちこんだ気持ちのまま図書館に到着《とうちゃく》した。傘立《かさた》てに傘を入れて、ロビーに入り、併設《へいせつ》の子ども図書館に向かう。

子ども図書館の前にはちょっとした飲食コーナーがあり、子どもと親子づれにかぎってテーブルを利用することができる。長時間でなければノートPCの持ちこみもOK。図書館近くのコンビニで飲み物を買って、ここでネット小説を書くことがたまにあった。

雨のせいか、めずらしく親子づれが一組もいない。手近なテーブルに荷物を置こうとしたとき、一番奥《いちばんおく》のテーブルに突《つ》っ伏《ぶ》して寝《ね》ている男子がいることに気づいた。服装《ふくそう》に見覚えがある。

だれかと思えば――若宮紫寿《わかみやしのぶ》！

思わず「えっ」と声を上げてしまった。

若宮はテーブルにリュックサックを投げ出したまま、両腕《りょううで》を枕《まくら》にして眠《ねむ》っていた。どうやら熟睡《じゅくすい》してるみたいだ。

ぼくは音を立てないように左隣《どなり》に座《すわ》って、横向きになった若宮の顔をまじまじと見つめる。

教室にいるときは大人っぽいけど、こうして見るとごくフツーの小六男子という感じ。役者だなんて言われてもぴんとこないだろうな。目は切れ長で、まつげは短めのまっすぐ。口は小さめ。舞台《ぶたい》の上のむらさきを知っているからか、この顔が化粧《けしょう》をしたらどうなるんだろう、と想像《そうぞう》してしまうけれど。

ぼくは無意識《むいしき》にひそめていた息を吸《す》って、ふーっと長くはき出した。

外のかすかな雨の気配《けはい》と、本の匂《にお》い。若宮の寝息《ねいき》。

ろくにしゃべったこともないのに、こうしてそばにいると、若宮がまとう空気はなんだか心地いい。起こさないように細心の注意をはらって、自分のリュックからノートPCを取り出した。いまなら最高のねこ探偵《たんてい》が書けそう。

図書館のWi－Fiを利用して、投稿《とうこう》サイトの執筆《しっぴつ》ページを開いた。サバトラのケージが二度も震《ふる》えた部分はさくっと消して、カタカタとキーボードをたたきはじめる。一行書いて、休む。一行、二行……手を止める。書いていると、下手なりにリズムが生まれてくる。

ぼくはいつのまにか小説の世界に没入《ぼつにゅう》していた。

四時半をしらせる鳩時計《はとどけい》の音がロビーに響《ひび》き、現実《げんじつ》にもどってくる。

次の瞬間《しゅんかん》、ぼくの右手がガッとつかまれた。

若宮紫寿《わかみやしのぶ》が起きて、まさしく鬼《おに》のような表情《ひょうじょう》でぼくをにらんでいた。

「つかまえた！」

「ぎゃあっ」

ロビー中に響く悲鳴をあげてしまう。あわてて口を閉《と》じたぼくを、ふだんよりずっと低い声が追ってくる。

「おまえ、よくもさんざん逃《に》げ回ってくれたな」

「ごめん。ほんとに……ごめん。悪かったよ」

おどろいた勢《いきお》いで、するっと謝罪《しゃざい》の言葉が出てきた。謝《あやま》ったとたん、胸《むね》が軽くなったことにおどろく。ぼくに勇気があったわけじゃない。若宮がたまたま図書館のロビーで寝《ね》ていたおかげだ。

ぼくの手をはなした若宮が文句《もんく》を言う。

「ちゃんとお礼が言いたかっただけなのに、なんだよ」

ちぇー、と子どもっぽくすねてるさまは、教室で見るクールな若宮とは別人みたいだ。どっちにしてもぼくには、こうして面と向かってしゃべっていること自体が「うそだろ?」なんだけど。

ぼくは短く深呼吸《しんこきゅう》すると、ノートPCを閉じて、自分のリュックから小さな包みを取り出した。学校に私物《しぶつ》を持っていくのは禁止《きんし》だから、覚悟《かくご》ができたら〈いちのき演芸場《えんげいじょう》〉まで持っていくつもりでリュックに入れていたのだった。

「これ、おわび」

若宮がなにか言い出す前に早口で言って、包みを押《お》しつける。とまどい顔で包装《ほうそう》を開けた若宮が一転、「ははは っ」と声に出して笑った。

中身は、昨日《きのう》の夕食後、最寄《もよ》りのドラッグストアに行って買った「嵐《あらし》にも負けないなんちゃら」なアイライナーだった。プチプラコーナーにあったから三百円くらいかと思いきや、なんとその四倍くらいの値段《ねだん》がした。化粧品《けしょうひん》って怖《こわ》い。

店員さんの目が少し気になったけど、舞台《ぶたい》のド真ん前までフラワーレイをかけに行くよりかはずっと気が楽だ。

「なんのおわびだか知らないけど、ありがたく使わせてもらうわ……嵐《あらし》がきたら困《こま》るし！」

若宮《わかみや》はまだ肩《かた》を震《ふる》わせて笑っている。なにがそんなにおかしいのか知らないけど、思ったよりずっと喜《よろこ》んでもらえてホッとした。

「……怒《おこ》ってない？」

「アイライナーでふっ飛んだ」

目尻《めじり》の涙《なみだ》をふきながら若宮が言った。

「あの日のフラワーレイ、まじでうれしかったんだよ。ふつう子役はチヤホヤされるもんなのに、おれってあんまりお花もらえないんだよな。あの後兄貴《あにき》にマジギレされたし。おれの牛若丸《うしわかまる》、そんなにマズかったかな」

そうたずねられると、返答に困ってしまう。お客さんがちょっととまどっていたように見えたのは事実だからだ。

「ま、マズくはないと思うよ。ちょっとさびしそうな牛若丸だったけど……」

若宮が切れ長の目をぱちんと音が鳴りそうなほど見開く。変なことを言ってしまったかな。コミュニケーションってむずかしすぎるだろ。

ぼくは強引に話題をそらした。

「あのさ、若宮はこんなとこにいていいの。もう公演《こうえん》がはじまる時間だろ」

若宮がむっとした表情《ひょうじょう》になる。

「知ったこっちゃねーし。昨日《きのう》、兄貴とまたケンカ。ふん、ぎりぎりまで行ってやらないからな」

大丈夫《だいじょうぶ》なのかよ、という言葉をぼくは飲みこんだ。夏《なつ》さんもちらりと言ってた気がするけど、お兄さんとはあまり仲がよくないんだろうか。

ぼくの視線《しせん》に気づいた若宮が表情をゆるめる。

「そんな深刻《しんこく》な顔するなよ。元々《もともと》おれは夜公演しか出ないことになってるから、いまからでもギリ間に合う。学校はできるだけちゃんと行かせて、子役に無理はさせないっていうのが太夫元《たゆうもと》の方針《ほうしん》だし」

「太夫元って？」

「おれの父さん。第一線を引退《いんたい》して、経営《けいえい》関係のことをメインにやってる元座長《もとざちょう》のことを、太夫元《たゆうもと》っていったりするんだ」

「そうなんだ。いまは、お兄さんが座長さんなんだよね？」

「なんだよ、よく知ってるな」

若宮《わかみや》がきょとんとした。なんだか恥《は》ずかしい。夏《なつ》さん＆多恵《たえ》ちゃんというガチ勢《ぜい》から教えてもらっただけなんだけど。

なにか考えついたような間をおいて、若宮が言った。

「――なあおまえ、もういっぺん〈いちのき〉に大衆演劇《たいしゅうえんげき》観にこない？　夏さんから聞いたけど、こないだはミニショーだけ観て帰ったんだって？」

「え。夏さんのこと知ってるの？」

「知ってるもなにも。おれが生まれる前からのご贔屓《ひいき》さまだよ」

ご贔屓って、びっくり。昔からの大ファンってことだよな。どうりで劇団《げきだん》の事情《じじょう》にくわしいはずだ。むらさきちゃんもまだまだ、と言っていたことは内緒《ないしょ》にしておこう……。

若宮は目を輝《かがや》かせて、やたら熱心にすすめてくる。

「な。今日は二部の芝居《しばい》まで観ていきなよ。ちょっと、いやかなりイケてる新作なんだ」

ぼくはロビーの鳩時計《はとどけい》を見やった。第二部で帰るとなれば、家に着くのは七時を過《す》ぎてしまうだろう。それに、いくらチケット代が安いと言ったって、アイライナー代と合わせたら、約三ヶ月分のおこづかいが飛ぶし。

なにより、正直とまどう気持ちのほうが大きい。

でも、もう一度くらい、あの不思議な世界に飛びこんでみてもいいんじゃないか。

ぼくはリュックからスマホを出して、母さんの携帯《けいたい》に電話をした。

第四幕《まく》　涙《なみだ》の井戸

〈いちのき演芸場《えんげいじょう》〉のチケット売り場に着いたぼくと、ぼくを引っ張《ぱ》ってきた若宮《わかみや》を仙《せん》さんが代わりばんこに見る。あっけにとられたという表情《ひょうじょう》だった。

「紫寿《しのぶ》……いやむらさき。なんでそちらのお客さんといっしょに？　たしか夏《なつ》さんの……」

「学校の友だちだし」

「友だち！」

なぜかオーバーリアクションぎみの仙さん。「友だち」という言葉に顔が熱くなってしまう。ぼくたち、いつから友だちになったんだろ。

図書館からこっち、感情《かんじょう》が容量《ようりょう》オーバーでぼくの頭はフリーズ寸前《すんぜん》だ。

母さんに電話して、若宮が出る大衆演劇《たいしゅうえんげき》を観にいくからおそくなると言ったら、行っておいでとすぐに許してくれた。

やたらとぶっきらぼうに若宮がたずねる。

「今日の芝居《しばい》、こいつに見てもらいたいんだけど。空いてる席なら座《すわ》ってもらってもいいですよね？」

「あ、ああ」

仙さんはまだ目をパチクリさせている。

いっしょに二階へ上がった若宮は、売店の前まで来てやっとぼくの手をはなした。売店の突《つ》き当たり奥《おく》が楽屋口になっているようだ。

「ここは年間予約席以外は基本《きほん》自由席だから。空いてるとこを探《さが》して座ってよ。今日は楽しんでいってくれよな」

若宮はにこっと笑って手を振《ふ》ると、扉《とびら》の奥《おく》に消えていった。

一人取り残されて呆然《ぼうぜん》としてしまう。五時半の開演《かいえん》まであと三十分もないけど、若宮は間に合うのかな？　お化粧《けしょう》とかしなくちゃいけないだろうに。

前に来たときとくらべて、劇場内《げきじょうない》はずいぶんお客さんが少ない。

劇場に入るとそこは、また来ることになったアウェイ。しかも今度は一人だ。ウロウロしていたぼくの目に、救《すく》いの神の姿《すがた》が飛びこんできた。

「夏《なつ》さん……！」

ぼくを大衆演劇《たいしゅうえんげき》の世界に引きずりこんだ夏さんが、以前と同じ予約席に座《すわ》っているではないか。ぼくは小走りで舞台《ぶたい》のほうに向かった。

ぼくに気づいた夏さんが、うれしそうに目を見開く。今日のぼくは、人をおどろかせてばっかりだ。

「あれ、ナリさん！　二度目の観劇《かんげき》？　まさか一人で来たの？　まあまあ、すっかりハマっちゃって」

べつにハマってない――と言いたい。

ぼくは浮《うわ》つく心をおさえて、自分の学校にあのむらさきが転校してきたこと、今日はそのむらさきに連れられて舞台を観にきたことを説明した。

夏さんは目を丸くする。

「へえ！　あのむらさきちゃんがねえ。めずらしい。ナリさんは、よっぽど人好きがするんだろうね」

（いや、夏さんのフラワーレイが原因《げんいん》ですよ）

とは言わず、

「今日は多恵《たえ》ちゃんは来てないんですか？」

「うん。多恵ちゃんはまだ仕事してるはずだよ。ああ見えて、定年後に会社のほうからのたっての願いで再雇用《さいこよう》された口だからね。アパレル系《けい》だから髪《かみ》はアレだけど」

「ええっ！」

再雇用とかアパレル系とか関係なく、ペンラを振《ふ》り回して推《お》しを過激《かげき》に応援《おうえん》している多恵ちゃん以外の多恵ちゃんを想像《そうぞう》できない。

「多恵ちゃんだけじゃなくて、観劇に来ているお客さんみーんな、仕事や家庭、いろいろあるよねぇ。まあ、だからこそ推しに会える日を指折り数えて待っちゃうんだけど」

ぼくはあいまいにうなずいた。姉ちゃんの話を聞いていなかったら、よくわからず流していた会話だろう。

でも、ぼくにとって未知でしかない大衆演劇の舞台は、だれかにとっての宝物《たからもの》なのかもしれないって、なんとなくだけど、いまは思う。

夏《なつ》さんと別れるまぎわ、気になっていたことをたずねてみた。

「そういや、夏さんの一番の推《お》しってだれなんですか？」

花形の菊之丈《きくのじょう》さんでも、若座長《わかざちょう》の春之丈《はるのじょう》さんでもないし。ほかの役者さんでもなさそうだ。夏さんはけろっとして答える。

「うーん。秘密《ひみつ》だよ」

「秘密？」

予想外の答えだった。ペンライトを振《ふ》るようにさっと答えてくれるのかと思っていたのに。

夏さんは目尻《めじり》にいっぱいシワをくっつけて、顔いっぱいで笑った。

「秘密といったら秘密なの。ガハハ！」


場内が暗くなり、例のラップ風のオープニング曲が大ボリュームで流れ出す。若宮《わかみや》のやつ、ほんとに時間ギリギリじゃないか。

ぼくは、音響《おんきょう》でビリビリと振動《しんどう》する座席《ざせき》を伝っていって、後ろから三列目の座席に座《すわ》った。後部座席の方はとくにお客さんがまばらだ。

座布団《ざぶとん》つきの席に落ち着いて周りを見回す。同じ列にはぼく以外には一人、二人くらいしか座っていない。大衆演劇《たいしゅうえんげき》の公演《こうえん》って、毎日満席っていうわけじゃないんだ。毎日公演をやっていれば、こんなにガラガラの日もあるのか。席があまりうまっていないって、なんだかお客側のこっちも緊張《きんちょう》するというか、気まずいというか……。いたたまれない気持ちで後ろの席に目を泳がせたときだ。最後列の一番すみっこによく知っている顔を見つけて心臓《しんぞう》がはね上がった。

菅野三好《すがのみよし》。なんでここに？

菅野はぼくに気づくようすもなく、幕開《まくあ》け前の舞台《ぶたい》をまっすぐに見つめている。脇《わき》目《め》もふらないようすの、真剣《しんけん》な眼差《まなざ》しだった。

ぼくなんて目にもとめない菅野が、あのプライドの高いやつが、一体なにをそんなに観ているというんだろう。山口《やまぐち》さんが言っていたように、じつは紫寿《しのぶ》と仲がいいから観に来たのかな？　それとも菅野は大衆演劇が好きなんだろうか？

たっぷりと気を引かれながらも、ぼくは前を見る。

ぼくだって、若宮《わかみや》と出会って、自分の意思でこの劇場《げきじょう》にやってきたんだから。

✿

ふたを開けてみると、第一部のミニショーがはじまってすぐに、ぼくは心のモヤモヤなんてすっかり忘《わす》れてしまった。菅野《すがの》のこともふき飛ぶくらい、ショーに夢中《むちゅう》になってしまったのだ。

くるくると変化するスポットライトの色。次々《つぎつぎ》に入れ替《か》わる、カラフルで個性的《こせいてき》な着物を着こなした役者さんたち。派手《はで》な棒回《ぼうまわ》しに殺陣《たて》、ぴしりと宙《ちゅう》を切る扇子《せんす》。曲のサビに合わせて見得《みえ》を切る。流し目を送る。客席に向かってキリリと伸《の》ばした指は、こう言っているようだ——拍手《はくしゅ》が少なくても多くても、一人でも大勢《おおぜい》でも、絶対《ぜったい》に楽しませてみせるって。

むらさきが舞台《ぶたい》に登場した。

今夜は牛若丸《うしわかまる》じゃなくて、ハチマキを巻《ま》いたお侍《さむらい》さんの格好《かっこう》をしている。背《せ》が高くてすらっとした体格《たいかく》だから、濃紺色《のうこんいろ》の袴《はかま》がびっくりするほどサマになってる。同い年だなんてとうてい思えない、堂々《どうどう》としたお侍ぶりだ。

腰《こし》には刀、手には槍《やり》。

演歌《えんか》っぽい曲に合わせて片手《かたて》で難《なん》なく槍をひと回し。腰を低く落として、客席に穂《ほ》先《さき》を向けてさっと構《かま》える。あざやかな手さばき！

もう一方の腕《うで》を前に突《つ》き出し、空色の着物を片肌脱《かたはだぬ》いで視線《しせん》を流し、見得を切る。

不敵《ふてき》なほほえみ。

「むらさきっ」

こないだとちがって、ばっちりハンチョウが入った。

（かっ、カッコいい……！）

うそだろ。あれ本当に、図書館で昼寝《ひるね》してたのと同じヤツ？

鳥肌《とりはだ》が立つ。胸《むね》が高鳴る。ぞくぞくっと、背中《せなか》をなにかが駆《か》け上ってくる。つまんないコトなんてなにもかも忘れて、大声でさけびたくなる。

シビれるような格好良さ。空いた客席を、劇場《げきじょう》全体をむらさきの、役者の熱がうめる。夏《なつ》さんたちと観たときと少しも変わらない熱！

しかも、前に多恵《たえ》ちゃんが言っていたように、曲と内容《ないよう》どちらも前回とかぶっているものはなかった。

ミニショーが終わり、休憩時間《きゅうけいじかん》のアナウンスが入った数秒後に、ぼくは深呼吸《しんこきゅう》をした。いつのまにか息を詰《つ》めて舞台《ぶたい》に魅入《みい》っていたのだった。

後ろの菅野《すがの》のようすがちらりと気になるけど、それよりも、頭がびりびりっとシビれるような、むらさきの槍《やり》さばきが頭からはなれない――。

余韻《よいん》にひたっているうちに、第二部のお芝居《しばい》のはじまりを告《つ》げるアナウンスが入った。今夜のお芝居のタイトルは、『涙《なみだ》の井戸』。


チョン、チョン、チョンチョンチョンチョン……。

柝《き》を打ち鳴らす心地いい音が鳴る。

吸《す》いこまれるようにライトが消えていく。黒、柿色《かきいろ》、緑の縦三色《たてさんしょく》の幕《まく》がさらりと左右に開いた。

舞台の後ろには川と町並《まちな》みを描《えが》いた背景《はいけい》。その前に家屋のセットがある。

ショーのときとは逆《ぎゃく》に、客席にいるぼくたちが幻《まぼろし》で、舞台の上だけがさんさんと輝《かがや》く現実《げんじつ》みたい。同じ舞台なのに、第一部とはあきらかに雰囲気《ふんいき》が変わったのを肌《はだ》で感じる。

『涙の井戸』は、セットの雰囲気からして、江戸時代《えどじだい》っぽい雰囲気。

ぼくの家は映画《えいが》やテレビでも時代劇《じだいげき》を見る習慣《しゅうかん》はないし、ぼくも正直いって時代劇ってちょっと苦手なんだけど……。

舞台の左袖《そで》から、おう、おい待てっとおどすような声。

その声に追われるようにして、一人の男が転がり出てきた。

おびえたふうにキョロキョロあたりを見回し、だれもいないことを確認《かくにん》するなり急に大きな態度《たいど》になって毒《どく》づく。

「たかが二十両の借金でなんでぇなんでェ。この彦次郎《ひこじろう》、大晦日《おおみそか》にさえ来てくれりゃあ、きっちり耳ぃそろえて返《けえ》すってのによう。なんともぉ、世知辛《せちがれ》えェ——」

こぶしのきいた台詞《せりふ》に、客席から今日一番大きな拍手《はくしゅ》が湧《わ》き起こる。絶妙《ぜつみょう》なタイミングで「菊之丈《きくのじょう》ッ！」とハンチョウが入った。

ショーのときとちがって盛《も》りヘアもしていないし、ラメ入りの衣装《いしょう》も身につけていない。白塗《しろぬ》りの化粧《けしょう》は変わらないから、見慣《みな》れていないと、初心者にはだれがどの役者さんだかわかりにくいのが難《なん》だ。

次に出てきたのは、きれいな着物を着た女性《じょせい》と、貫禄《かんろく》のある親分風の男だ。ここでも大きな拍手《はくしゅ》。女性は親分に手を引かれながら怒《おこ》っているようす。顔をそむけたり、手を振《ふ》りはらったりする仕草がいちいちきれいで、はっと目を惹《ひ》く。

その顔をよくよく見ると……。

（ええー！　むらさきだー！）

想像《そうぞう》していなかった登場の仕方に、ぼくは大きな拍手を送った。出演《しゅつえん》するのだろうとは思っていたけど、女形《おんながた》として出てくるなんて。さっきのカッコいいむらさきとは全然雰囲気《ふんいき》がちがう。役者って、役者ってすごい！

お芝居《しばい》の筋《すじ》はこんな感じだ。

お調子者の彦次郎《ひこじろう》は、町を取り仕切る親分の手下の手下だ。あちこちに合計二十両の借金をしていて首がまわらない。本当は借金取りの声を聞いただけでブルブル震《ふる》えだすビビりのくせに見栄っ張《ば》りで、すぐにハッタリをかます。

ある夜、親分がくどいている女性が、有名な「柳《やなぎ》の井戸」の水をくんできてくれとわがままを言う。柳の井戸の水をつけて、くしを通すと髪《かみ》の汚《よご》れ落ちがよく、艶《つや》が出ると聞きつけたらしい。

「今夜の月が沈《しず》むまでに、江戸《えど》で一番きれいな瓶《びん》に水をくんでこなかったら、二度と会いませんからね」

ツンツンしているむらさきが可愛《かわい》いような……ちょっと待って、中身はあの若宮《わかみや》……ありえない、ありえないぞ。

親分はしかたなく、彦次郎に高価《こうか》な瓶をもたせて、柳の井戸に行ってこいと命じる。でも最近、柳の井戸の周りに幽霊《ゆうれい》が出るというウワサがあって……。

口が達者な女性と、その女性にすぐやりこめられる親分、人一倍怖《こわ》がりでなんとしても井戸に行きたくない彦次郎、という三人のテンポのいいやりとりが続く。

「この瓶を売れば十両にはなる……」

彦次郎《ひこじろう》は、どうしてもあと十両お金が必要らしい。

井戸に行くふりをして草陰《くさかげ》に瓶《びん》をかくし、あとで売りさばくつもりだ。素知《そし》らぬ顔で親分の屋敷《やしき》に引き返し「ウワサどおりに幽霊《ゆうれい》が出た。ビックリして、瓶は置いてきちまいました」とウソをつく。高価《こうか》な瓶が惜《お》しい親分は、じゃあおれが行くと出かける。彦次郎はあわてて先回りをし、お化けのふりをして親分を追い返す。

ビビった親分と、必死な彦次郎のやりとりが笑えるんだけど、途中《とちゅう》で、彦次郎の借金の理由がわかる。どうやら悪どい大店に奉公《ほうこう》している妹がいるらしい。妹を引き取ろうにも、奉公の期限がまだ七年も残っているため、身代金《みのしろきん》として三十両が必要なのだ。

彦次郎は親分の手下たちに袋《ふくろ》だたきにされ、もう一度井戸に行ってなにがなんでも水を取ってこいと命令される。さんざんな目にあって井戸に行くと、今度はお化けならぬ借金の取立人《とりたてにん》になぐられけられするのだった。

彦次郎は自分の情《なさ》けなさに泣く。

「おれってやつぁ、なにをやってもダメだ。瓶はもちろんのこと、髪《かみ》ひと筋《すじ》よりも値《ね》打《う》ちのねえ、つまらねえ野郎《やろう》だなあ……」

そのようすをかくれて見ていた親分。彦次郎の事情《じじょう》を知り、瓶をかくされたことに気づく……。


第二部のお芝居《しばい》が終わると若座長《わかざちょう》の口上《こうじょう》（挨拶《あいさつ》）と二十分間の休憩《きゅうけい》が入る。

その間に家に帰らなくちゃいけないのはわかってるのに、ぼくは座席《ざせき》から立ち上がることができなかった。結局、お芝居は親分が仏《ほとけ》のふりをして瓶に三十両をひそませて彦次郎に持たせる大団円《だいだんえん》で終わった。

なのに、ぼくは……。

地面にはいつくばって、自分が無力だと泣いている彦次郎の姿《すがた》がどうしても頭からはなれない。

井戸のそばで、借金取りの足にすがりついた彦次郎が可哀想《かわいそう》で……みっともなさが胸《むね》に刺《さ》さって、立ち上がれなかった。

ぼうっとしていると、肩《かた》をぽんとたたかれた。

「どうしたの。気分が悪いなら少し休んでく？」

夏《なつ》さんだった。

ぼくはうつむいた。言葉が出なかった。

――低学年のころ、ぼくも彦次郎《ひこじろう》みたいに自分をだめだと感じていた。学校に行けない日はもちろん、がんばって行けた日ですら、自分にダメ出しをしていた。みんなと同じようにふるまえない、素直《すなお》に学校に行けない自分が悪いんだ、母さんや父さんに迷惑《めいわく》をかけてる自分は悪い子なんだって……。

彦次郎とは時代もおかれている状況《じょうきょう》もちがうのに、こんなに共感しちゃうなんて、ぼくどうしちゃったんだろうか。

夏さんは黙《だま》ってぼくを立ち上がらせると、荷物まで持って、いっしょに劇場《げきじょう》を出てくれた。前みたいに出口まで送ってくれるのかと思ったら、夏さんが連れていったのは開演《かいえん》前に若宮《わかみや》が通っていった売店奥《おく》の楽屋だった。

大衆演劇《たいしゅうえんげき》の楽屋は不思議な世界だ。

一言でいうと、ごっちゃごちゃ。

入口のあたりには、段《だん》ボールに入ったままのジュース、カップ麺《めん》やお菓子《かし》の箱のとなりに本格的《ほんかくてき》なスピーカーがある。かと思えば、そのとなりはなんと、洗濯機《せんたくき》。靴《くつ》を脱《ぬ》いで楽屋に上がると、鏡つきの化粧台《けしょうだい》の前で、カツラを外して化粧直しをしている役者さん。壁《かべ》ぎわには、同じ形をした黒い箱がこれでもかと高く積み上げられている。

奥に行くと畳敷《たたみじ》きの和室になっていて、扇風機《せんぷうき》、テレビといった家電がひしめいているわ、Tシャツが部屋干《へやぼ》しされているわ、ポットとお茶用品がのっているちゃぶ台があるわ。

お化粧はしたままでカツラをはずし、衣装《いしょう》も脱いだ役者さん数人がちゃぶ台を囲《かこ》んでいる。そのうち一人は、一歳《さい》くらいの赤ちゃんを抱《だ》っこしてミルクをあげていた。

……ここはほんとに楽屋なのか？

それともだれかの家？

いや託児所《たくじしょ》なのか？

「ちょっと失礼するよ」と一声かけて、夏さんがずかずか和室に上がっていく。いや

これ、ほんとに入っていいの⁉

夏《なつ》さんを見かけた役者さんたちが、次々《つぎつぎ》に挨拶《あいさつ》をしたり、声をかけたりしてきた。

何人もの白塗《しろぬ》りの顔がじーっとぼくを見る。

「夏さん！　お連れさん、だれっすか？」

夏さんはしれっと答えた。

「むらさきちゃんのクラスメートだってさ」

一瞬《いっしゅん》の沈黙《ちんもく》の後、役者さんたちが色めき立った。

「むらさきの？　うわあ、あいつ友だちとかいたの？」

「え、なに、泣いてる？　ちょっと、だれかおしぼり持ってきて！」

「これ若座長《わかざちょう》呼ばなくていいんですかね？」

「いま袖《そで》だろ。ていうか参観日じゃないんだから」

「じゃあ太夫元《たゆうもと》を……」

「いっしょだろ！」

あっという間にかこまれて、わあわあ言われる。若い役者さんが、麦茶のコップとおしぼりを取ってきてくれた。

勝手知ったるようすで、夏さんがぼくをちゃぶ台の前に座《すわ》らせてくれる。

しばらくぐずぐず鼻をすすっていると、意外な人があらわれた。チケット売り場の仙《せん》さんだった。一瞬涙《なみだ》が止まってしまった。

「……なんでここに仙さんがいるんですか？」

ぼくの言葉を聞いて、なぜか役者さんたちがぎょっとする。

「なんでって……。まあ、ヒマなんだよ」

目を泳がせる仙さんが、なにやら怪《あや》しい。集まっていた役者さんたちも、ささっと散っていくし。

夏さんが、

「じゃ、お願いしますよ。それから、ナリさんはあたしの孫じゃありませんから。独《ひと》り身だって何度言ったらわかるんだか。ったく、物覚えが悪いね」

そう憎《にく》まれ口をたたいて、舞踊《ぶよう》ショーに間に合うように劇場《げきじょう》にもどっていく。

二人きりになった和室で、仙さんが決まり悪そうに切り出した。

「今日は来てくれてありがとさん。むらさきのクラスメイトだったんだな。前に、あいつにフラワーレイをかけてくれたのもナリくんかい？」

うなずいたぼくに、仙《せん》さんがちょっと笑う。

「めずらしいと思ってたんだ。むらさきから頭を差し出すなんて。アイツ、ふだんはカツラの型《かた》がくずれるといって、レイを首にかけられるのを嫌《いや》がるんだ。……今日の芝居《しばい》は楽しめたかい？」

「彦次郎《ひこじろう》が……」

言いかけたとたんにまた切なくなってしまう。言葉に出すと、感情《かんじょう》がよりはっきりとした形になる。気持ちがパチンとほどけて涙《なみだ》がにじんだ。

仙さんが目を丸くする。

「おいおい、どうした」

「彦次郎がぼくみたいでした。弱くて、ビビりで。平穏無事《へいおんぶじ》に過《す》ごすためなら、うそだってつくし、悪いことも見逃《みのが》しちゃうし、服もダッセーし、小説はクッソ下手だし

……」

「ええ？　そりゃひどいや」

自分が言ったことなのに、ズバッと返されて涙腺《るいせん》にとどめを刺《さ》された。

「低学年のチビのころからさ……。めちゃくちゃがんばって毎日学校に行って、目立たないように三ナシでがんばって……」

「三ナシ？」

「無事・無難《ぶなん》・無風」

「すごいねえ」

本気で感心しているような仙さんの相づちは、ぼくを励《はげ》ましたいんだかこき下ろしたいんだかわかりゃしない。

「……とにかく必死でやってたのに、結局、菅野《すがの》みたいな主役級のヤツの前じゃメッキがはがれてさ。彦次郎みたい。でも彦次郎とちがってぼくにはハッピーエンドの保《ほ》証《しょう》もないし、もうイヤんなっちゃって……」

はき捨《す》てた言葉は、自分に向かって言ったんだ。

言葉ってメガホンみたいだ。口から飛び出すたびに感情が増《ふ》えていって、大きくなる。膝《ひざ》の上に置いたにぎり拳《こぶし》に涙《なみだ》がぽとぽと落ちる。

どこまでダサくなるんだにゃん、ナリ――。

頭の中で名探偵《めいたんてい》サバトラがため息をつく。

「そうかい。いい観劇《かんげき》をしてくれたなぁ」

仙《せん》さんのしみじみとしたつぶやきにとまどう。

こんなにみっともないのに？　お芝居《しばい》そのものじゃなく、自分自身のことでこんなに泣いて、それのどこがいい観劇なんだろう。

「人間が人間を見せる、人間が人間にふれるってのが、旅芝居の味じゃねえかな。彦次郎《ひこじろう》は、ナリくんの心の奥《おく》んトコにさわっちまったんだろう」

仙さんはぽんぽんと背中《せなか》をたたいてくれる。

「あのなあ、ナリくん。深い事情《じじょう》はわからねえけど、大衆演劇《たいしゅうえんげき》には、大衆っていう言葉が入ってるよな。あれ、だれにでも観ていただくって意味なんだ。大衆なんだから、中には弱いやつも、強いやつも、ひどいやつも、ド下手な小説家だっているだろ。でもメッキだろうがなんだろうが、木戸銭《きどせん》ちょうだいして席についてもらったら、大事なお客さまだ。ナリくんがどんな子だろうが、こっちからはなしゃしないんだよ。どうだい、ファンになったかい」

顔が熱くなる。仙さんは若宮《わかみや》みたいに話が上手だ。

「お芝居は面白いし……泣けるし」

「うん、りっぱに泣いてるな」

「演《えん》じるのも歌うのも踊《おど》るのも全部本格的《ほんかくてき》で……殺陣《たて》もカッコいいし、踊りはきれいだし」

「おお、ほかには？」

「レトロなのにイマドキ」

「もいっちょ」

「座《すわ》ってるだけでなぜか元気になる。行くだけで楽しいお祭りに似《に》てる」

「うれしいな、うん、こっちが元気になるな」

大きな手が、今度は背中をばしっとたたく。

痛《い》ったいなあ！

――でも、あれ？

いつのまにか、涙《なみだ》が引いていている。気持ちがすっかり落ち着いていていた。

仙《せん》さんいわく、彦次郎《ひこじろう》がぼくの心にふれたから？

笑って、泣いて、最後は元気になっている。学校にいるときよりも少し正直な自分がここにいる。

劇場《げきじょう》の方からは第三部の舞踊《ぶよう》ショーの曲が聞こえてくる。

仙さんが笑う。

「ナリくん。紫寿《しのぶ》と仲良くしてやってくれよ」

（えっ、紫寿って――）

呼《よ》び方に違和感《いわかん》を覚えたとき、コンコン、と壁《かべ》をたたく音がした。振《ふ》り返ると、楽屋の入り口にむらさきが立っていた。舞踊ショーで踊《おど》った後なのか、すみれ色の着物に身を包んだ女形《おんながた》の姿《すがた》にどきっとする。

「もう終わったの？」

「舞踊ショーは前半しか出ないいんだ。宿題とかできないだろ」

授業中《じゅぎょうちゅう》、ぼーっとしているように見えるのに、意外と勉強熱心だったのか。赤い紅《べに》を差した唇《くちびる》から出てくるのは若宮《わかみや》の言葉なんだから、めまいがしそう。

若宮は不服そうな顔で仙さんを見る。

「ちょっと太夫元《たゆうもと》。なに泣かせてるんですか」

「泣いてない！　えっ、太夫元⁉」

キレるのとビックリが重なっておかしなことになった。

仙さんとむらさきが、まったく同じタイミングでぼくを見る。

――二つ並《なら》んだ顔の、似《に》てること！

若宮の、黒のアイライナーで濃《こ》く長く縁取《ふちど》りされた両目がぱっちり見開いてぼくを見る。

「なんだよ、おまえ。面白いツラして」

「太夫元って……そしたら仙さんは、仙さんは……」

「オヤジ。先代座長《ざちょう》。市川艶之丈《いちかわえんのじょう》。若宮仙作《せんさく》」

若宮が、どうでもよさそうに名詞《めいし》と固有名詞だけで答えた。

もちろんどうでもよくない。

そんな重大情報《じょうほう》を、なぜ、もっと、早くに、言わないんだ？

つまりこちらの仙《せん》さんは〈劇団風花《げきだんかざばな》〉そのものじゃないか。

「紫寿《しのぶ》が学校で大変世話になっています」

律儀《りちぎ》に頭を下げた仙さんに、あわててお辞儀《じぎ》を返す。

「あ、いえ。こちらこそ。ところで、なぜチケット売り場に……？」

仙さんが口を開く前にむらさきがツンとして答える。

「リハビリ。先月乗った舞台《ぶたい》で、雪カゴから紙雪が上手く落ちないって確認《かくにん》しにいって、ハシゴから落ちたんだよ。腰《こし》やって、一週間入院。退院《たいいん》してすぐは舞台も裏方《うらかた》もできないから……」

「チケット売り場」

と、仙さん——じゃなかった、若宮《わかみや》のお父さんにして太夫元《たゆうもと》が、自分を指さしておごそかに言った。

はあ、ため息をついちゃうよ。素顔《すがお》を知ってるお客さんは、さぞびっくりしただろうなあ。夏《なつ》さんも……。

（あれ？　でも夏さんは、太夫元でも艶之丈でもなく、仙さんって呼《よ》んでるよな。昔からのご贔屓《ひいき》さんって若宮が言ってた）

心の中で首をかしげたとき、むらさきが言った。

「もう帰るんだろ。送り出ししてやるよ」

「送り出し？」

むらさきはニッと笑う。

「大衆演劇《たいしゅうえんげき》名物、送り出し。終演後《しゅうえん》、座長《ざちょう》と座員総出《ざいんそうで》で、劇場《げきじょう》の出口でお客さまをお見送りするんだよ。握手《あくしゅ》するも写真を撮《と》るも自由、トークももちろんＯＫだけど、どう？」

だから、むらさきのカッコでそういうこと言うのをやめてくれよ……！

ぼくは太夫元に「だけ」挨拶《あいさつ》してから、荷物を持ってさっさと楽屋の出入り口に向かった。後ろからむらさきの声が追ってくる。

「おい！」

後ろから聞こえた声に、せいぜい平静をよそおって答えた。

「先に下に行ってるよ。……してくれるんだろ、送り出し！」

✿

外に出るともう暗い。行きがけの雨はやんでいた。

むらさきにフラワーレイをかけた日もそうだったっけ——変なの。むらさきに会うと、雨がやむんだろうか。夜空を見上げる。

「お待たせ」

若宮《わかみや》の声に振《ふ》り向いた。化粧《けしょう》を落として、ジーパンに半袖《はんそで》パーカーという姿《すがた》だ。お客さん用の出入口じゃなくて、関係者用の出入口から来たらしい。

洗《あら》い残しか、目尻《めじり》にアイライナーの黒がにじんだ目が、まじまじとぼくを見つめる。

「しっかし、派手《はで》に泣いたなあ」

涙《なみだ》の痕《あと》が残ってるのかな？　あわてて顔をゴシゴシぬぐった。

「……楽屋での話、聞いてた?」

「なんにも」

ホッとしていると、若宮がたずねた。

「おまえ、いつもあんなゴチャゴチャ言ってるの? 疲《つか》れない?」

聞いてんじゃねえか!

若宮はぼくと並《なら》んで鼻歌まじりに歩きだす。コイツ、学校のときより十倍くらい手に負えないな。送り出しってこんなものなのか?

はあ、とため息をついて最初の赤信号で止まる。

となりに並んだ若宮がぼくを呼《よ》んだ。

「なあ、ナリサト」

……なんで若宮はこうなんだ。

一気に鼻先までキョリを詰《つ》めてくる若宮紫寿《しのぶ》が苦手だ。なんだか悔《くや》しくて、若宮をにらみつける。いまぼくの顔はまちがいなく赤くなっているだろう。

「いいこと教えてやろうか」

「──なんだよ」

「今日舞台《ぶたい》にかけた『涙《なみだ》の井戸』だけどさ。じつは『清水《しみず》』っていう狂言《きょうげん》をもとにして書き下ろした新作なんだ」

へー、と相づちを打とうとしたぼく。え。

……書き下ろした？

いたずらが成功した子どもみたいに輝《かがや》く瞳《ひとみ》がぼくを見る。若宮《わかみや》は必殺《ひっさつ》・舞台ウィンクをばちこんと放った。

「知らざァ言って聞かせやしょう、おれがはじめて書いた芝居《しばい》だよ！　ちょっとだけ兄さん、姉さんたちに手伝ってもらったけど。どうだよ〈闇夜《やみよ》の白騎士《しろきし》〉先生、すごいだろ？」

「やめて!?　おまえ、あのとき図書館でパソコンのぞいたな！」

「口に出すにはつらめのペンネームをつけるおまえが悪い」

若宮がギャハハと腹《はら》をかかえて笑う。

ほんとに、まじで、手に負えない！

赤信号が青になる。じゃーなー、と言い合って、ぼくらは別れた。

「また明日、学校で。紫寿！」

もし振《ふ》り向いて確認《かくにん》したら、若宮の顔も赤くなっているだろうか？

駅方面に歩き出す。最初は足早に、それから駆《か》け足で。

（姉ちゃん。わかったよ、ぼくの一ヶ月）

〈劇団風花《げきだんかざばな》〉のむらさき、若宮紫寿の一ヶ月がどんなものか知らないけど、その終わりまで、こうしてとなりにいること。


ぼくは心に決めた。

――むらさきを推《お》す。

いや、一週間前からとっくに推しだった。

ヒーローになれないぼくがやっと出会えた、ぼくのヒーロー。

第五幕《まく》　板の上

ねこ探偵《たんてい》サバトラよ、あと三週間だけぼくの浮気《うわき》を許《ゆる》してくれ。

むらさきを推《お》すと決めてから、ぼくは図書館や本屋にある大衆演劇《たいしゅうえんげき》の本や雑誌《ざっし》を読みあさり、ネットやSNSで用語や情報《じょうほう》をできるだけ集めた。

費用《ひよう》は、長年コツコツとため続けたお年玉からひねり出す。

推し活にあたってぼくが決めたルールは五つだ。

一、〈劇団風花《げきだんかざばな》〉を箱推《はこお》しする。
二、グッズ類は買わ（え）ない。
三、一回だけ推しにお花をつけてよい。ただしフラワーレイはやめておくこと。
四、むらさきを推す。
五、若宮紫寿《わかみやしのぶ》は推さない。

ルール一はつまり、ぼくがはじめて観劇《かんげき》した劇団自体をまるごと応援《おうえん》するということだ。

〈劇団風花〉の役者さん一人一人を応援するけど、各地の座長《ざちょう》さんたちが大集結する座長大会や、ゲスト出演《しゅつえん》なんかで劇団をはなれて公演《こうえん》する役者さんまでは追わない。

ルール二、三は小六の限界《げんかい》。ルール四は言うまでもない。残念ながら、ルール五についても同様だ。

むらさきという推しができてから、はじめて観劇した日の夏《なつ》さんの言葉がたびたび頭をよぎる。

『推しがいると、気持ちがプリンみたいになるのよ。プルンプルン』

プリンはともかくとして――例えるなら、いままで通りの通学路に、新しい駄菓子《だがし》屋《や》でもできたような気分だ。いつもの生活に小さな楽しみが増《ふ》えて、心のどこかでうきうきしている。

図書館に行くときは、大衆演劇についての本を探《さが》してみたり、駅や町角で大衆演劇の公演《こうえん》ポスターを見つけたときは、近くでまじまじと見てしまったり。

ぼくの場合《ばあい》は、推《お》しの素顔《すがお》をイヤというほど見てしまったのが玉にキズってやつだけど……。

あくまで、ぼくの推しは舞台《ぶたい》の上のむらさき。

若宮紫寿《わかみやしのぶ》は、ただのクラスメイト！

✿

紫寿が、組んだ両手をぼくの机《つくえ》の上に乗せ、そこにあごを乗せてぼくを見上げている。ぼくの左横には山田中のお三方がずらりと立ち並《なら》んでいる。

紫寿が六年一組にきてから、今日でちょうど二週間と一日。

わが三ナシ・ポリシーはあいかわらず行方不明《ゆくえふめい》中だ。

山口《やまぐち》さんが両手を顔の前ですり合わせて、ぼく越《ご》しに紫寿を拝《おが》んだ。

「それで、菊《きく》ちゃんはなんて？　サインくれるって？」

「………」

紫寿は例のツン顔でずっと山田中を無視《むし》している。昼休み中、ずっとだ。二番目にうるさい田中《たなか》さんが、ひじで山口さんを突《つつ》く。

「山ち、山ち。やっぱ無理なんじゃない？」

「くれるでしょ！　未来のゴヒイキでしょ！」

山口さんがごり押《お》ししようとする。

たのむから、別のところでやってくれよ。ぼくはため息をついた。

山口さんは先週の土曜日、お母さんといっしょに〈いちのき演芸場《えんげいじょう》〉の夜公演《よるこうえん》を観《かん》劇《げき》してきたのだという。そこで、ミニショーと三部の舞踊《ぶよう》ショーで華麗《かれい》に舞《ま》う花形・菊之丈《きくのじょう》さんに一目惚《ひとめぼ》れしてしまったらしいのだ。たしかに、あの日はとくに盛《も》り上がってたもんな。

それでさっそく週明けから「菊ちゃん」の推し活をはじめたのだった。はなから紫寿のコネをあてにしているところが、清々《すがすが》しいくらいに山口さんらしい。

紫寿は紫寿で、ぼくの机の前に無理やり引っ越《こ》してきた。

ついにクラスでねこをかぶるのをやめた紫寿《しのぶ》は、言葉たくみに荒川《あらかわ》先生を丸めこんで机《つくえ》を移動《いどう》させてもらったのだ。

休み時間に給食、まさかのトイレタイムまで、学校にいるときは、金魚のフンみたいにぼくにくっついている。紫寿が目立つせいで、ぼくまで目立ってしまう。声をかけてくれるクラスメイトも増《ふ》えた。紫寿のおかげで、以前は黒板のチョークかすくらいの存在感《そんざいかん》しかなかったぼくまで有名人になったみたいだ。実際《じっさい》には、アイドルの写真に写りこんだモブくらいの気分なんだけど。

だれとでも話す紫寿だけど、なぜか山田中にはそっけない。

山口《やまぐち》さんが紫寿にゴニョゴニョと言う。

「なによ、もしかしてウチらがあいつのことイジってたのムカついてる？　紫寿って菅野《すがの》と仲いいの？」

紫寿はちらっと山口さんを見て、めんどくさそうに目を閉《と》じた。

山口さんは窓《まど》ぎわの菅野の席を見る。それから、田中《たなか》さんと中山《なかやま》さんの三人で目配せをしあった。

「——謝《あやま》ったもん」

山田中には冗談《じょうだん》を言っているっぽい雰囲気《ふんいき》はないから、ちょっとは悪いと思っているのかもしれない。

紫寿はさらりと返す。

「別になんもきいてねえけど。許す許さないは本人がゆっくり決めるだろ。おれとちがって、どうせ来年まで同じクラスにいるんだから」

当たり前みたいに放たれた言葉にはっとする。胸《むね》に小さなとげが刺《さ》さった気分。だって、紫寿の言葉のウラにあるのは……紫寿は、来年までこのクラスにいないということだから。

信じられないけど、若宮《わかみや》紫寿はあと一週間くらいしたら川越《かわごえ》から出て行ってしまうんだ。来たときのように唐突《とうとつ》に、ひょうひょうと——。

当の菅野はといえば、自分のことが話題になっているとも知らず、机に突《つ》っ伏《ぷ》して居眠《いねむ》りしているみたいだ。以前は昼休みは教室で静かに本を読んでいることがほとんどだったのに、ここ一週間くらいは寝《ね》ていることが多い。夜おそくまでゲームとかしてるのかな？

いつも感情《かんじょう》をおもてに出さない菅野《すがの》が、いまなにを考えて、どんなことに興味《きょうみ》があるのか、いつも家ではどう過《す》ごしているのか……ほんとは興味がある。

（ねえ、ぼくが紫寿《しのぶ》にさそわれて観劇《かんげき》に行ったとき、一番後ろの席にいたよな。菅野も大衆演劇《たいしゅうえんげき》が好きなの？　紫寿とはどういう関係？）

でもぼくにそんなことをきける勇気があるわけがない。

青い傘《かさ》の下の冷え切った眼差《まなざ》しは、いまでもぼくに刺《さ》さっていた。


オヤと話し合って、観劇は週に二日までと決まっている。水曜日の今日は、家で通《つう》信塾《しんじゅく》のタブレット学習をする日だ。

父さんも母さんも、学校の宿題やタブレット学習をおろそかにしないことを条件《じょうけん》に、期限《きげん》つきの「推《お》し活《かつ》」を応援《おうえん》してくれている。

母さんなんて、「変なねこの小説ばっかり書いていたあのナリが、人間の役者さんの応援《おうえん》なんて……」と、目をうるませていた。

変なねこってなんだよ。というか、なんで小説の中身まで知ってるんだよ。ツッコミが追いつかないよ。

父さんは、ぼくが友だちに会いに外出するだけでうれしいみたい。若宮《わかみや》にきいたら、開演《かいえん》前でも十分くらいだったら〈いちのき演芸場《えんげいじょう》〉の楽屋に寄《よ》って差し入れをわたしたり、挨拶《あいさつ》をしたりしてもいいって。だから、今日もそうするつもりだ。ちなみに、今日の差し入れはうちの両親から託《たく》された、川越《かわごえ》名物の芋《いも》まんじゅう。

一度家に帰って、芋まんじゅうの紙袋《かみぶくろ》を片手《かたて》に〈いちのき演芸場〉に向かった。時《じ》刻《こく》は四時をすぎていた。

〈いちのき演芸場〉は五時開場、五時半開演だ。開場一時間前の劇場《げきじょう》は、チケット売り場も閉《し》まっている。お客さんのいない劇場は、静かで特別な感じがする。ぼくは紫寿に教えてもらった楽屋口から劇場内に入った。

「こんにちは」

おずおずと声をかけると、売店でおにぎりを並《なら》べていた劇場《げきじょう》のオーナーさんがにこやかに「いらっしゃい」と応《こた》えてくれた。父さんより少し年上くらいの男の人だ。週に何度か通っているうちに、「むらさき」の学校の友だちとして顔を覚えてもらっていた。

気恥《きは》ずかしい気持ちでお辞儀《じぎ》をしたぼくに、オーナーさんが言った。

「今日はお友だちも来てるよ。名前、なんていったっけな」

えっ。お友だちって、もしかして山田中？

お客さんが入っていない劇場、楽屋はいつもより五割増《わりま》しでカオスだ。開演《かいえん》ギリギリまで、楽屋に布団《ふとん》を敷《し》いて寝《ね》ている若手《わかて》の役者さん。劇場内を走り回って遊んでいる小さい子たちの元気な声が聞こえてくる。

大衆演劇《たいしゅうえんげき》の劇団《げきだん》は、基本的《きほんてき》に公演《こうえん》先の劇場で寝泊《ねと》まりしている。若宮《わかみや》いわく、座長《ざちょう》の家族以外に座員《ざいん》さんの家族が興行《こうぎょう》についていくのもごく当たり前らしい。若宮もああやって、劇場や舞台《ぶたい》で遊びながら自然に「むらさき」になっていったのかな。

ぼーっと考えながら歩いていたせいか、楽屋の入口の前で、ノートとペンを抱《かか》えた若《わか》いお兄さんにぶつかりそうになった。工事現場《げんば》の作業着という格好《かっこう》だから、どうやら〈劇団風花《かざばな》〉の座員《ざいん》さんではなさそうだ。

あわてて謝《あやま》ったぼくを見て、お兄さんが目を丸くする。

「あれ？　艶之丈《えんのじょう》さんとこの子じゃないよね。また見学の子？　三好《みよし》くんといっしょかな？」

三好……三好って……。

まさか、と思うと同時に、その人の後ろからひょっこりと顔を出した男子。

だれだろう――菅野《すがの》三好じゃないか。

「えっ」

「ええっ」

同時に声を上げて、二人でにらめっこする。

なんだよ、と作業着のお兄さんが笑う。

そのとき、オーナーさんが「棟梁《とうりょう》！　今日のオーダーどんな感じ？」とお兄さんに声をかけた。二人が立ったまま、ノートをのぞきこんで話をはじめた。

ぼくと菅野《すがの》、二人で廊下《ろうか》にぽつんと取り残される。

目を合わせて、お互《たが》いさっとそらす。おどろきと気まずさでグルグルしているのは、たぶん菅野も同じなのだろう。

意外なことに、菅野の方から声をかけてきた。

「——ここでなにしてるの？」

「えっと、芋《いも》まんじゅう！」

「芋まんじゅう？」

動揺《どうよう》のあまり、手にした紙袋《かみぶくろ》の中身を答えてしまったぼくを、菅野が思いっきり不《ふ》審《しん》げに見る。当たり前だ、ぼくのバカヤロー！

小さく深呼吸《しんこきゅう》し、あらためて答える。

「ちがった、いやちがわないけど、あの、差し入れ……むらさきに」

「ああ、そっか。若宮《わかみや》に会いに。そうだよな」

納得《なっとく》したように菅野がつぶやいた。

あの雨の日以来、まともに顔を合わせるのははじめてだ。

背筋《せすじ》にじわっと汗《あせ》がにじむのがわかる。

ぼくを嫌《きら》いなはずの菅野が、こっちを見てる。怒《おこ》っているのでも、あの日のように冷たい表情《ひょうじょう》をしているのでもなく――。

トウリョウさんが菅野に声をかけた。

「三好《みよし》くん、悪いけどちょっとそこで待ってて！」

「あ、はい！」

菅野はきびきびと返事をする。

ぼくは手汗《てあせ》で毛羽《けば》だった紙袋《かみぶくろ》の持ち手を握《にぎ》り直した。ありったけの勇気を振《ふ》りしぼってたずねてみる。

「あの、菅野はここでなにしてるの？」

「おれ？　おれは、棟梁の仕事の見学と、ちょっとした手伝いをさせてもらってるんだ。もう一週間くらい通ってる」

「ごめん、トウリョウってなに？　さっきの人のこと？」

……また冷たい顔されたら、どうしよう。

すでに泣きそうな気分でたずねたぼくに、菅野《すがの》はすらすら答える。

「棟梁《とうりょう》。ふつう、大工職人《だいくしょくにん》さんをそう呼《よ》んだりするけど、大衆演劇《たいしゅうえんげき》では舞台裏方《ぶたいうらかた》さんのことを棟梁って呼ぶんだ。舞台の演出《えんしゅつ》にかかわることや、大道具や小道具のことならなんでも準備《じゅんび》する、舞台づくりの達人のこと」

少なくとも不機嫌《ふきげん》ではないみたいだ。ホッとして、さらにたずねる。

「じゃあ、菅野は棟梁さんの仕事の見学に来たってこと？」

「うん。おれ、舞台……とくに大衆演劇の大道具や演出に興味《きょうみ》があるんだ。たまたま若宮《わかみや》が転校してきたから、すぐ飛びついて、紹介《しょうかい》してもらってさ」

「そうなんだ」

「あのな、大衆演劇の裏方ってまじですごいんだぞ。商業演劇の方の大舞台とは全然ちがう。月替《が》わりでも週替わりでもなく、毎日ちがう演目の道具をつくるなんて、もうヤバいよ。ありえないって。当日になって座長《ざちょう》さんから新しい注文が入るのもフツーにあってさ、秒刻《びょうきざ》みの幕間《まくあい》でパパッと舞台《ぶたい》の転換《てんかん》もして……」

夢中《むちゅう》になってしゃべりだす菅野に、

――わあ。

ぼくは心の中でため息をついた。

菅野の目が星みたいにチカチカ光っている。

すごい。ぼくが知ってる、教室での菅野とはまるで別人みたいだ。こんなふうに生き生きと目を光らせる人を、ぼくはもう一人知っている。若宮紫寿《わかみやしのぶ》だ。

ぼくの視線《しせん》に気づいた菅野が、バツが悪そうに話をやめた。

「ごめん、ついつい。おれ、小さいころから舞台裏《ぶたいうら》が好きで……」

ぼくは首を大きく横に振《ふ》った。

本当に、きれいな星がそばに落ちてきたような気分だった。

心の底から言った。

「すごいんだね、菅野って」

「……べつに」

ぱっと目をそらされる。あ、いまのはぼくの知っている菅野《すがの》。

棟梁《とうりょう》さんはまだオーナーさんと話をしている。廊下《ろうか》の壁《かべ》にもたれかかって、いかにも気まずそうに菅野が小さな声で言った。

「あのとき、悪かったよ」

「え？」

「……大雨の日。図書館の近くで」

意味がわからない、なんで菅野が。なにを謝《あやま》るんだ？

「ろくに話も聞かないでさ。われながら、八つ当たりだったと思うから。――でも、おれって、声をかけたくなるほどカワイソウに見えた？」

「そんなこと……」

ぼくは絶句《ぜっく》した。ごめん、見えた――いや、ぼく自身がそういうふうに見ようとしてただけ。でもいまはカワイソウになんて、ちっとも見えない。

そう伝えたいのに、言葉につまる。ウェブ小説家が聞いてあきれるよ。大衆演劇《たいしゅうえんげき》の役者さんたちみたいに、目だけでものを伝えられたらいいのに。

せめて正直になろうと、腹《はら》にぐっと力をこめる。

「思い切って声をかけたんだけど、ぼくあのとき、すんごい、めちゃくちゃ、上から目線だった自信あるから。言わなくてよかった。話し出す前に止めてくれて、よかった、よ」

「いや、そこまで堂々《どうどう》と上から自慢《じまん》する人はじめてだよ」

感心したように菅野がつぶやいた。

「まあ、山口《やまぐち》たちに好き放題言われてさ、悔《くや》しいわ、情《なさ》けないわ。一対一だと言い返せるんだけど、教室の中じゃなにも言えなくなるんだよな。だから、正直しんどかったのはたしかだけど……でもおれ、カワイソウではないから」

ぼくはうなずいた。こんなにチカチカきれいに瞬《また》いてるやつが、カワイソウなんてこと、あるはずない。ぐっと奥歯《おくば》をかみしめて、また湧《わ》き上がってきて暴《あば》れだしそうになってる羞恥心《しゅうちしん》を押《お》さえつけた。

本音でしゃべったりきいたりするのって、なんでこんなに恥《は》ずかしいんだろ。でも逃《に》げるな、ぼく。

菅野《すがの》がぎこちなく笑う。

「きみが、どんな言葉をかけようとしてたか知らないけど……なんだろ、自分がどう見られてるのかとか、恥《は》ずかしくて、カワイソウだって決めつけられてるみたいで、きみに八つ当たりしちゃったんだよな」

「――やばい、泣きそう」

「きみってけっこう面白いよな。天然モノ？」

菅野がまじまじとぼくをながめる。鮎《あゆ》かウナギみたいな言い方されて、色んな意味で泣きそう。

✿

オーナーさんと話を終えた棟梁《とうりょう》さんが、菅野をぴゅうっと連れていった。二人とも駆《か》け足だ。舞台裏《ぶたいうら》って、とんでもなくいそがしいんだろうな。

「また、学校でな！」

菅野はあわただしくそう言って、棟梁さんを追いかけていった。

話をしていたのは時間にしたらたった五分くらいだ。なのに、菅野とぼくの間にあった雨の匂《にお》いが消えた気がする。

ぼくはコンコンと楽屋のドアをノックした。

「村野《むらの》です。紫寿《しのぶ》くんに会いにきたんですけど、入っていいですか？」

「紫寿くんです。どうぞー」と、もはや聞き慣《な》れた声が返る。

そっとドアを開けて頭だけ楽屋に入れる。もう開演《かいえん》四十分前くらいなのに、やっと起きたという感じの役者さんが寝《ね》ぼけ眼《まなこ》でこっちを見た。ウソだろ。

「なにコソコソしてんだよ。モグラか、おまえは」

きらりと光る眼差《まなざ》しがぼくをむかえた。このふざけっぷり、口の悪さは、まだTシャツ姿《すがた》の若宮《わかみや》紫寿以外にいない。

「モグラ見たことなんてないくせに」

「はい、ゲーセンのモグラたたきのモグラでした。ばーか」

くっ。ああ言えばこう言う。

ぼくたちのやりとりに、化粧中《けしょう》の兄さんや姉さんたちが笑い声を上げた。糊《のり》のような白粉《おしろい》を、ハケでさっさっと顔から首筋《くびすじ》、胸元《むなもと》まで塗《ぬ》っていく。思わず見入ってしまう手ぎわのよさだ。

「差し入れ持ってきたんだ。川越《かわごえ》名物の芋《いも》まんじゅう」

「おおっ。うまそう」

「じゃあ、今日がんばってね。もう化粧しなきゃでしょ」

もうじきはじまる公演《こうえん》の邪魔《じゃま》にならないように、紙袋《かみぶくろ》をわたそうとしたとき、化粧台前から大きな笑い声が聞こえた。どうやら、菊之丈《きくのじょう》さんと若手《わかて》の人たちが、お芝居《しばい》のことについて話し合ってるみたいだ。

菊之丈さんの声って、ふだんの会話の声ではすごく低くて、カッコいい声だからすぐにわかるんだよな。たぶん何気ないことを言っているのにこんな美声ってあるんだろうかって、ほれぼれする。さすが、われらが花形だ。〈劇団風花《げきだんかざばな》〉を箱推《はこお》ししているぼくとしては鼻が高い。

となりの化粧台で眉毛《まゆげ》を描《か》いていた人に、サノ兄さん、と話しかけているみたい。

サノ兄さんって、ひょうきんなお芝居でいつも客席中の笑いをかっさらっていく狭之《さの》丈《じょう》さんだろうな。

あらためて、舞台《ぶたい》で見るあの人が「すぐそこ」にいる感動がわいてくる。この人たちが今日はどんな舞台を見せてくれるんだろうってわくわくする。ぼく、ホントに、本当に、推し活してるんだなぁ……。

「そうそう、兄さんがアドリブ拾ってくれたじゃないですか。あのとき、すげぇウケましたよね」

狭之丈さんが手を動かしながら笑ってうなずく。でも、ちょっとした違和感《いわかん》がある。なんでだろと思ったら、周りの女優《じょゆう》さんの中で、苦笑している人がいるのが目に入ったからだ。

それがふと気になって、足を止めてしまったのが悪かった。となりの紫寿《しのぶ》を見てぎょっとする。さっき芋まんじゅうに喜《よろこ》んでいた男とは思えない、機嫌《きげん》サイアクの不《ふ》穏《おん》な表情《ひょうじょう》はなんなのか。

紫寿がとがった声で「菊兄《きくに》ぃ、狭之兄《さのに》ぃ」と割《わ》って入る。

「前々《まえまえ》から思ってたんですけど、あの菊兄《きくに》ぃのアドリブの下ネタ、やめられないんですか？　はっきり言って、おれはイヤ。つーか、客席にも小学生とかいるのに……。先週末とか、ふつうにおれのクラスメイト来てたし。顔見れねーし」

（えっ。下ネタ……？）

ぼくはごく小さな心の声で、クラスメイトここにもいますよ、とつぶやく。怖《こわ》すぎる。なにこの、息を吸《す》ってるだけで胃《い》が痛《いた》くなりそうな雰囲気《ふんいき》。狭之丈《さのじょう》さんは、知らないふりを決めこんで、眉毛描《まゆげか》きにもどっていく。ぼくはといえば、紫寿《しのぶ》がドアの前に立ちはだかっているせいで出ていけない。

菊之丈《きくのじょう》さんは、とりあわないようすでメイクにもどる。

「おまえの話じゃねーんだよ、むらさき。おれはご贔屓《ひいき》さまからそんなこと言われたことないわ。みなさん、笑ってくださってるだろ」

「そりゃ、ウケはとってましたけど」

「お客さんの反応《はんのう》がすべてじゃねえの？　現状《げんじょう》ああいうアドリブで喜んでくれてるなら、やめる意味ある？」

紫寿は一歩も後退《こうたい》しない。六年生だけど菊之丈さんに負けないくらいイイ声で、独《ひと》り言ふうを装《よそお》って反論《はんろん》する。

「それは下ネタっていう型《かた》にお客さまを巻《ま》きこんでるだけなんじゃ……。菊兄さんはそんなに型どおりが好きなの」

「おい」

ベテランの座員《ざいん》さんが割《わ》って入った。

ぼくのほうに目配せする。

「申し訳《わけ》ないけどオトモダチ、ちょっと出てってくれる？　幕内《まくうち》の話になるし、ほら、舞台《ぶたい》もはじまるから」

ぼくはそそくさとドアに向かう。紫寿と一瞬《いっしゅん》、目と目が合う。怒《おこ》ってるのかと思った紫寿は、どこか傷《きず》ついたような表情《ひょうじょう》をしていた。その目を見ただけで肩《かた》を持ってやりたくなる。

でも、オトモダチには、なんにもできないんだ。出てってくれる？　って言われたとき、なんだか「どうせ一ヶ月だけの友だちなんだから」って言われたような気がした。

楽屋の外でつい立ち止まってしまう。盗《ぬす》み聞きなんてよくないってわかっているのに、さっきの紫寿《しのぶ》の表情《ひょうじょう》が思い浮《う》かんでしょうがない。

廊下《ろうか》にまで響《ひび》きわたるような怒声《どせい》が聞こえた。

「おい、いま何時かわかってんのか。なにやってんだ！」

仙《せん》さんこと太夫元《たゆうもと》の声だった。でもぼくに話をしてくれたときとちがって、聞いただけで震《ふる》え上がりそうな怖《こわ》い声だ。

沈黙《ちんもく》の後に、ふーっと長いため息。菊之丈《きくのじょう》さんだ。

「……あのさぁ、小学生にはわかんないだろうけど……まあいいや。すみません先生、ちょっと話をしてまして。またあとで……」

むらさきの冷ややかな声が響く。

「だいたい下ネタで笑ってるお客さまって、笑いたくて笑ってんのかな……。おれには、笑わされてるみたいにも見えるけど」

「はあ？」

紫寿は——むらさきはやっぱり退《ひ》かない。

なんでだよ、ってさけびたくなる。花形で一座《いちざ》の先輩《せんぱい》だろ。味方もいないだろ。なにやってんだよ、だれと戦ってんだよ、むらさき。

「菊兄《きくに》ぃは、下ネタだけじゃなくて、こないだも姉さんたちの容姿《ようし》イジりしてましたよね。そういうのもう、時代に合ってなくないですか？　前にも言ったと思いますけど」

部屋の空気がぴーんと針《はり》の先のように張《は》りつめたのが、気配《けはい》でわかる。ぼくはツバをのみこんだ。

たしかに、下ネタが出てくると気まずいよね。何がおもしろいのかも、正直わからないし。

でも……挑発的《ちょうはってき》にもほどがない？

菊之丈さんがぷっつんキレた瞬間《しゅんかん》がわかってしまった。

「――ちょっと先生すんませんけど、これ。菊兄ぃ、菊兄ぃって、おい、なんだおめえ。いっちょまえにケンカ売ってんのか？　ちょっと舞踊《ぶよう》の方で評価《ひょうか》されはじめたからって、調子こいてんの？　こないだの牛若丸《うしわかまる》といい、太夫元の息子だからって――」

「だって、昔っからそうじゃないか。母さんのことだって、舞台《ぶたい》の上でイジって笑ってたじゃないか。母さんだってすごい女優《じょゆう》だったのに……」

「むらさき！　このばか！」

別の人の怒声《どせい》が飛ぶ。座長《ざちょう》の春之丈《はるのじょう》さんだ。騒《さわ》ぎをきいて駆《か》けつけたんだろうか。

むらさきは止まらない。

「なんだよ、納得《なっとく》いかないよ。立派《りっぱ》に裏方《うらかた》でささえてくれてありがたかったってみんな言うけど、結局母さんはずっと脇《わき》にまわされてた。主役張《は》ったことは一度もなかっただろ。花形だスターだってチヤホヤされるのはいつも父さん、おじさん、兄さんたち……とにかく男だったよな」

「納得いかないって……。そりゃそういう、女が主役の芝居《しばい》がウチにないからだろ。なあ、伝統《でんとう》ってもんもあるんだよ。先代、先々代《せんせんだい》から受け継《つ》がれてきた外題は宝《たから》じゃねえかよ」

と、ややひかえめな狭之丈《さのじょう》さんの声。

「なにが伝統だよ。ないなら新しい芝居を作ればいいだけだろ。表向きには、変わり続ける大衆演劇《たいしゅうえんげき》とか言っちゃってさ。小学生ってバカにすんなら、小六の道徳か社会の教科書でも読んでみなよ。いまだに下ネタでウケとったり、容姿《ようし》イジりしたり、男役者しかメインになれない大衆演劇が、いまの時代にどう変わったよ」

「むらさき！」

——やめろよ。やめろって。

じわっと涙《なみだ》が出てくる。いいとか悪いとか全部おいといて、これ以上むらさきに怒《ど》鳴《な》るなって、大声でさけんで、となりに立ってやりたくなる。

むらさきの声が響《ひび》いた。

「みんな知らないだろ。母さん、まだガキんちょのおれにだけこう言ってたよ。一度でいいから、女が主役の芝居をやってみたいって。おれは母さんが主役の芝居だったら喜《よろこ》んで乗るよ。やりたいよ」

「やりたいよって……もういねえだろうがよ……」

くぐもったような、春之丈《はるのじょう》さんの声が落ちた。

バカなぼくは、そこまで聞いてようやく気づいた。そっか、むらさき——紫寿《しのぶ》と春之丈さんのお母さんって……。

しばらく、絶句《ぜっく》したようにだれもしゃべらない。

ぼくは、最初に見たむらさきの牛若丸《うしわかまる》と、鬼《おに》の面を思い出した。だれよりも怒《おこ》っていて、暴《あば》れ回っていて、なのにどこかさびしそうに見えたむらさきの姿《すがた》を。

しーんと静まりかえった中で、春之丈《はるのじょう》さんが大きなため息をつく。

「――むらさき、おまえ。近ごろどうしたんだ。なんにでも噛《か》みついて、なにがしてえんだよ。いっそおまえの自由にしてみろよ。ずっと同じ学校に通いたいんなら、それなりの方法があるんだから」

「ちょっと、若《わか》。シノ坊《ぼう》相手に、なにもそこまで言わなくても……」

さっきまで怒っていた菊之丈《きくのじょう》さんがあわてたようすで割《わ》って入ろうとする。

むらさきが低い声でまだ刃向《はむ》かう。

「……話をすり替《か》えんなよ。だれが同じ学校通いたいなんて言った」

「おまえの目がそう言った」

紫寿《しのぶ》がひゅっと息を吸《す》いこんだ、ような気がした。

「さっきも楽屋に来てたろ、オトモダチ。おまえが楽屋まで友だち入れるなんて、はじめてじゃねえか。めずらしく、毎日ギリギリの時間まで学校に通ってさ。年ごろのガキらしく笑ってるじゃねえかよ、紫寿」

「そこまで！」

黙《だま》って聞いていた太夫元《たゆうもと》がきっぱりと言った。

「よし、むらさき。そこまで言うなら、おまえの言う、新しい芝居《しばい》書いてこい。舞台《ぶたい》にかけてやるから。そのかわり、くだらん芝居を書いてきたら、二度とおまえの意見は聞かねえから、覚悟《かくご》しとけ」

厳《きび》しすぎるほど厳しい声だった。

数秒後に、楽屋のドアがばんっと勢《いきお》いよく開く。

どこまでも間が悪いぼくは、結局手に持ったままだった芋《いも》まんじゅうの紙袋《かみぶくろ》をボトッと落とした。出てきた紫寿と、目と目が合う。

泣いているかと思った紫寿は、眉根《まゆね》から口元から全部くしゃくしゃにして、思いっきりしかめ面をしていた。

（あ。うさぎの目）

上手い言葉なんてかけられるはずもない。ぼくは、汗《あせ》で持ち手がちぎれそうになった紙袋《かみぶくろ》を、できるだけすばやく拾い上げることしかできなかった。

「……芋《いも》まんじゅう、食べる？」

✿

ぼく調べ、川越銘菓《かわごえめいか》トップスリーに入るであろう芋まんじゅう。これでもかと厚《あつ》く切ったさつまいもの輪切りに、たっぷり重ねた北海道産の粒《つぶ》あん、そしてモチモチした皮という三重奏《さんじゅうそう》が最高においしい一品だ。それをいくつものせたお盆《ぼん》を手にして、ぼくの部屋を母さんがのぞいている。さらに母さんの肩越《かたご》しに、姉ちゃんがチラチラとこっちを見てる。今日は父さんが出社で、母さんがリモートワーク。

母さんと姉ちゃんが交互《こうご》にため息をつく。

「あらあ……まあ」

「まあまあ、まあぁ……」

なんだか夏《なつ》さんがぼくを劇場《げきじょう》に連れていったときの「サアサア、サアサア」を思い出す。ぼくの部屋に友だちがいるのがそんなにおかしいのかよ。

それとも、〈劇団風花《げきだんかざばな》〉のナンバーワン子役・むらさきがぼくの部屋にいることがおかしいわけ？

（いや、おかしいかも）

自分でも首をかしげながら、二人に文句《もんく》を言う。

「ちょっと、いつまでそこにいんの。さっさとお盆を置いて出てってよ」

「ナリ。お母さんとお姉さんに悪いだろ、そんな言い方」

ぼくのベッドに腰《こし》かけた若宮紫寿《わかみやしのぶ》がそうたしなめた。心なしか、むらさきモードじゃない？　なにも特別なことは言っていないのに、母さんと姉ちゃんのマアマアの輪唱がまたはじまる。紫寿め、さすがは大衆演劇《たいしゅうえんげき》の役者だ。ご贔屓《ひいき》さんの作り方を完《かん》璧《ぺき》なまでに会得《えとく》している……。

よくあるスポーツブランドのジャージに寝間着《ねまき》がわりの古いTシャツを貸《か》したんだ

けど、ぼくが着たときよりすらっと見えるのは百パーセント気のせいだろう。

部屋の時計は、午後八時をとっくに回っていた。

財布《さいふ》もスマホも持たずに紫寿《しのぶ》がうちにやってきてから二時間。

その間に、ぼくたちはいっしょにカレーライスを食べて、代わりばんこに風呂《ふろ》に入り、いまにいたる。

母さんが、やっと机《つくえ》にお盆《ぼん》を置いて言った。

「あ、紫寿くん。お風呂に入っている間にお父さまと電話がつながって、直接《ちょくせつ》お話させてもらったからね。紫寿をよろしくお願いしますと言ってらしたよ。なにも心配せずに泊《と》まっていってね」

「……ありがとうございます」

きれいな角度できっちりと頭を下げる紫寿。

先に劇場《げきじょう》のオーナーには連らくずみだったとはいえ、夜公演《よるこうえん》を終えた紫寿のお父さんに連らくがとれてホッとした。

「ナリ、お母さんたちの寝室《しんしつ》のクローゼットに客用布団《きゃくようふとん》があるから、ちゃんとしなさいね。あと——」

「わかったよ、わかったってば！　歯ブラシも枕《まくら》も大丈夫《だいじょうぶ》だから！」

次のママアがはじまる前に、母さんと姉ちゃんを押《お》し出してドアを閉《し》める。やれやれだ。

紫寿は、さっそく芋《いも》まんじゅうに手をつけている。カレーも食べたのにすごい勢《いきお》いでまんじゅうを食う紫寿に、ペットボトルからコップに緑茶をついでやった。ああ、まんじゅうもこぼして。こうしていると、手のかかる弟みたいな感じさえするのに。

お茶を飲み干《ほ》した紫寿がつぶやく。

「おまえの母さんと姉ちゃん、元気だよなあ。あとなんかキラキラしてない？」

「それ、紫寿が来てるからだと思うよ……」

返事しながら、心の中でため息をつく。

楽屋を飛びだして、廊下《ろうか》に立ちつくしていた紫寿。

大人たちにまじって堂々《どうどう》と役者をしてるなんて信じられないくらい頼《たよ》りなげな姿《すがた》

だった。まるでしかられるのを待っている小っちゃい子みたいに青ざめていた。楽屋にとって返すこともできないし、どこに進むこともできない——そんなようすだった。迷子《まいご》みたいにぼうっと突《つ》っ立っている紫寿《しのぶ》の腕《うで》を、ほとんど無意識《むいしき》につかんだのはぼくだ。

されるがままの紫寿の手を引っ張《ぱ》って、舞台《ぶたい》が待っている劇場《げきじょう》から連れ出してしまった。いま思えば、なんて大胆《だいたん》なことをしちゃったんだろう！

でもあのときは、とにかくコイツをなんとかしてやらなきゃ、っていうことしか考えられなかったんだ。そして、ぼくが紫寿を連れて逃《に》げられるところなんて、家くらいしかなかったってわけだ。

突然《とつぜん》友だちを連れてきて、しかも当の紫寿はぼうっと上の空だし——当然、オヤにめちゃくちゃ怒《おこ》られると覚悟《かくご》したけど、意外にも母さんは冷静に話を聞いて、劇場に電話までしてくれた。

「人間、逃げ場があるなら幸いってものよ。一日、二日立ち止まったって、人生は終わりゃしない」

紫寿に向かって、からっとそう言った母さんが、すごく頼《たの》もしく見えた。そういえば、ぼくが登校前のプレッシャーでお腹《なか》をこわしたときも、何日も続けて学校に行けなかったときも、ずっと同じことを言ってくれた。

紫寿も、母さんのその言葉を聞いて、やっといつもの紫寿にもどったんだ。

——仙《せん》さん、心配してるだろうなあ。

なんだかんだ言って、お兄さんの春之丈《はるのじょう》さんや菊之丈《きくのじょう》さんたちも。これまでほとんど心配される側だったぼくが、だれかをこんなに心配しているのも不思議だ。

心配なんてだれにもかけてないって顔で、紫寿が二個目《こめ》のまんじゅうを取る。

(なんだよ。ついさっきまで覚醒《かくせい》しかけのラスボス魔王《まおう》みたいな顔をしていたのに、いまじゃすっかり、ほくほく芋《いも》みたいな顔してるじゃないか)

紫寿がうーん、と、感動のうなりを交えて言った。

「おれ、巡業《じゅんぎょう》以外で外泊《がいはく》すんの人生で初。というか、友だちんちとか、はじめて来たわ」

「まtaまた」

「いや、まじで」

まじかよ⁉

このぼくでも、輝《かがや》かしかった保育園時代《ほいくえんじだい》には、友だちと家の行き来くらいしたことがある。小学校に入ってからは片手《かたて》で数えても余《あま》るくらいしかないけど……。

「友だちんちどころか、キホン舞台《ぶたい》と楽屋にしかいないから。学校も、前はいまほど行ってなかった」

「そうなんだ」

早退《そうたい》するのは終わりの会だけだし、宿題もきちんとやってる。だから前の学校にも同じように通ってたのかと思ってた。

「これまで何校くらいに行った？」

「さあ、覚えてない。巡業《じゅんぎょう》で回った劇場《げきじょう》やヘルスセンター（温浴施設《おんよくしせつ》）の数より少ないのはたしか」

公演期間《こうえんきかん》が短かったりすると、籍《せき》を前の学校に残したまま出発して、出先では学校に行かないこともあるらしい。

「学校は、オヤジが急に行かせる行かせるって言いだしたんだよ。兄貴《あにき》のころは全然だったらしいのにさあ。おれが四年に進級してから、張《は》り切っちゃって。母さんの遺《ゆい》言《ごん》らしいよ。春、だったから」

紫寿《しのぶ》は、なんでもないように言う。春……。

二年前なんだな。それが二十年だって、なんでもないわけないけれど。言葉がずしんとのしかかる。ぼくは、言葉の代わりに紫寿の肩《かた》を拳《こぶし》でぐりぐり突《つ》いた。なんだよ、と紫寿が眉《まゆ》をつり上げる。

こんなとき、母さんみたいに大人だったら上手いこと言えるのかな。

「まあ、いまは通信のタブレット学習とかあるし、勉強が全然できないってことはないよな。やるかどうかは別として」

紫寿は、机《つくえ》の上のスタンドに立てかけてあるぼくのタブレットを見る。そういや、観劇《かんげき》オフ日だというのに、勉強なんにもしてないや。

まさかのまんじゅう三個目《こめ》に手を伸《の》ばした紫寿に、あきれるより不安になる。

「紫寿、もうやめとけって。腹《はら》こわすぞ」

紫寿《しのぶ》はニカッと笑った。

「こんな芋芋《いもいも》してるのもめったにないからさ。いっこでも多く食べる」

「いや、芋まんじゅうなんていつでも……」

食えるだろ、ってせせら笑おうとして、ぴたっと止まってしまった。

「……ずっと川越《かわごえ》にはいられないんだよな？　六年の間だけでも」

紫寿はあいまいに笑う。それが答えだった。ぼくはアホだ。

「おまえ、明日から終わりのない旅に出ろって、言われてハイそうですかって旅支度《たびじたく》できるか？　考えられないだろ？」

「うん」

「おれはできる。同じところにずっと住んでることの方が想像《そうぞう》できないよ。でもたとえばだよ、本当は旅役者がイヤでも、日常生活《にちじょうせいかつ》がガラッと変わるよりましだろ。そういうのない？」

ぼくはうなずいた。そっちのほうが省エネだ。

「役者って舞台《ぶたい》のことをよく板って呼《よ》ぶんだけど。おれ、腹《はら》の中から板の上、ってやつだからさ。女優《じょゆう》だった母さんのおなかにいたころから、舞台にいっしょに立ってたから。この道が好きだって言ってるほうがラクだろ。ほかにやりたいことも探《さが》さずにすむし」

おそれ知らずだと思っていた紫寿がそんなことを言う。

舞台を暴《あば》れ回っていたあの牛若丸《うしわかまる》が、ラクしたいだって？　でもその一方で、あの浮世絵《うきよえ》「五條橋《ごじょうばし》の月《つき》」がよぎったりもする。どんなに強くても、母さんが恋《こい》しいし、独《ひと》りぼっちはイヤだよな。

紫寿とぼくは案外似《に》ているのかもしれない。

明日学校に行けるかどうかもわからないのに、その先なんて考えるのも怖《こわ》い。中学校の制服《せいふく》を着た自分を想像《そうぞう》しても、ワクワクよりも違和感《いわかん》ありあり。だからとりあえず無事、無難《ぶなん》、無風がいい。でも実は、どっかさみしい。

ぼくの三ナシを蹴《け》たおすように紫寿が言った。

「でも、おれのやってることってさ、そんな温度じゃだめなんだ。ここに生まれたからじゃなく、ここを選んで演《や》らないと、だれにもなんにも届《とど》かないんだよ。ちょっとずつでも変わってみせて、昨日《きのう》より一つ分だけでもいいから新しいことを試して、見てもらって、喜《よろこ》んでもらって」

熱っぽく語る紫寿《しのぶ》は、もう舞台《ぶたい》に立っている。

チカチカ光る瞳《ひとみ》を見るのは今日だけで二回目だ。星ってどこにでも落ちてるのかな。たぶんちがうよな。奇跡《きせき》みたいにぼくの目の前に落ちてきたんだ。

ぼくはおもむろに口を開いた。

「なあ、紫寿。仙《せん》さん、じゃなくて、太夫元《たゆうもと》が言ったこと、やってみようよ」

「……なんだよ」

「新しい芝居《しばい》ってやつ」

「はん！〈闇夜《やみよ》の白騎士《しろきし》〉先生が、芝居をなんだって？」

なんだよ、その言い方。バカにしやがるなあ。でも、変幻自在《へんげんじざい》のむらさきとちがって、紫寿は意外とわかりやすいヤツなんだ。

「紫寿のお母さんが主人公のお芝居、いっしょに書こう。ないなら新しく作ればいいって、自分で言ってたじゃないか」

紫寿がぽかんと口を開けている。

ぼくは構《かま》わず机《つくえ》の上のノートＰＣを起動させた。いつも投稿《とうこう》しているサイトの執筆《しっぴつ》ページじゃなくて、文字だけ打ちこめるテキストエディターを開く。

ぼくは紫寿の傷《きず》にふれていいんだろうか。シノブっていう人間を、ナリサトっていう人間がさわってもいいのかな。

わからないまま、お互《たが》い心に血を流す覚悟《かくご》でぼくはたずねる。

「紫寿、お母さんの名前は？」

紫寿がいまにも泣きそうに顔をゆがめた。そして、ずいぶん長い間しゃべらなかった。ぼくは絶望的《ぜつぼうてき》にまちがったんだと自覚したちょうどそのとき、紫寿がとても小さな声で言った。

「みどり。若宮《わかみや》みどり。〈丈美戸里《じょうみどり》〉。母さん。母さん……」

お父さんのことを教えてくれたときと少しちがって、固有名詞《めいし》で答えてくれた。名前・名前・名前・呼《よ》びかけ——呼びかけ。

ぼくはテキストエディターに入力した。

紫寿《しのぶ》の方を見ないで、次々《つぎつぎ》に質問《しつもん》していく。入力するぼくがここでふんばらなかったら、とても話なんて作れないからだ。

「主人公の女性《じょせい》は、みどりっていう名前でいいかな」

「……うん」

「みどりさんの好きな場所はどんなところだと思う？」

「海。家族で海水浴に行きたいって、毎年言ってた」

「じゃあ、好きな食べ物は？」

「すき焼き、天ぷら、ふぐちり、いくら丼《どん》」

「セレブやな……」

そんなふうにして、紫寿とぼくは、床《ゆか》で寝落《ねお》ちするまで「みどり」さんの話をテキストエディターに入力していった。

次の日から、ぼくと紫寿は学校の休み時間を使って、お芝居《しばい》の設定《せってい》とあらすじを考えていった。いいアイディアを思いつくのはだいたい紫寿で、それを文章にまとめるのはぼくの役目。

途中《とちゅう》からは、菅野三好《すがのみよし》も輪に加わった。お芝居をぼくたちだけで作っていると伝えたら、また目をチカチカとさせたからだ。

「今度、〈いちのき〉の棟梁《とうりょう》のところで、週に一、二度だったら修行《しゅぎょう》させてもらえることになってさ。どんな大道具があったらお芝居がより引き立つか、より細かな役者側の要求に応《こた》えられるかってところから、勉強してみたい。いつかだけど、劇団《げきだん》さんの注文にNOを言わない棟梁になりたいんだよ、おれ」

こうして、俳優《はいゆう》の息子だけど地味な菅野三好、悪口と食欲《しょくよく》がすさまじい「未来のバケモン」級大衆演劇《たいしゅうえんげき》役者のむらさき、そしてぼくこと闇夜《やみよ》の以下略《いかりゃく》という小六・脚本《きゃくほん》ユニットが生まれた。

でも、ただでさえ初心者マークつきで頼《たよ》りないというのにぼくらがお芝居作りにかけられる時間は限《かぎ》られていた。

目標完成日は六月二十六日。新作のお芝居《しばい》を作ることに決めたあの夜から、なんとたった七日しかなかった。

紫寿《しのぶ》がどんなにいいアイディアを出しても、ぼくの執筆《しっぴつ》スピードなんて、知れたものだ。脚本《きゃくほん》なんて、当たり前だけど書いたことがないし……。あせればあせるほど、キーボードを打つ手は重く、おそくなる。

自分で言い出したはいいけど、さっそくへこたれそうになっていたぼくを助けてくれたのは、紫寿のこんな言葉だった。

「心配すんな、ナリ。知ってるか？　大衆演劇《たいしゅうえんげき》って、まるで衣装《いしょう》の早替《がわ》りみたいに、毎日毎日変わるんだ。同じ外題《げだい》……演目《えんもく》でも、演出《えんしゅつ》や芝居を変えて、何度でも新しく生まれ変わっていく。時間をかけて稽古《けいこ》や舞台《ぶたい》セッティングできるほうがめずらしいんだ。たった七日っておまえは言うけれど、七日もあれば、おれたち旅役者はなんだってやってみせる！」

紫寿がほこらしげに顔を輝《かがや》かせた。

「いまだけ、ナリは〈風花《かざばな》〉の新入り座員《ざいん》だろ。気負わずに、ネットで小説を書くように書いてみれば？　アイディア出しの方は、おれがいる。演出を考えてくれる三好《みよし》も。一人で作れる舞台なんてないって」

その言葉にぼくは泣きそうになった。冗談《じょうだん》でも、座員《ざいん》って言ってくれた紫寿の気持ちがうれしかった。友だちといっしょになにかを完成させることなんて、はじめてだったから。不思議と、いつのまに友だちになったんだ……なんて、もう考えない自分がいた。

「だから、堂々《どうどう》と顔を上げろよ、ナリ。どんとかまえて。大衆演劇の舞台の脚本だなんて考えずに、おまえのフィールドに持ちこむんだよ。なんなら、隕石《いんせき》でスーパーキャットになった名探偵《めいたんてい》サバトラが出てきたっていいんだから」

いいわけがない。

というか、本文まで読んでたのかよ……！

さんざんツッコんだぼくだったけど、紫寿の言葉のおかげで、ずいぶん気持ちは軽くなったんだ。

それぞれの「本業」の手をぬいたわけじゃない。棟梁《とうりょう》のところに通いながら。舞台袖《ぶたいそで》から兄さん姉さんの芸をぬすみながら。姉ちゃんに貸してもらったペンライトを片手《かたて》二本持ちのうえ観劇《かんげき》しながら、だ。

六月も最終週に入ったある日、大人の手を借りずにぼくたち三人で作った新しいお芝居《しばい》がついに誕生《たんじょう》した。

✿

家のパソコンで最後の一文を書いた次の日、朝イチの教室でプリントアウトしてきた脚本《きゃくほん》を紫寿《しのぶ》と菅野《すがの》にわたした。

「ごめん、最初に言っとくけど文章はいまいちだからな。修行中《しゅぎょうちゅう》！」

ついつい言い訳《わけ》してしまうのはしょうがない。

コピー用紙をつかんで、夢中《むちゅう》で読んだ紫寿は第一声、わーっと大声を出した。教室の全員がびっくりして紫寿を見た。

きれいな線を描《えが》くあごから、水てきがポタポタしたたり落ちている。

(雨みたいだなぁ……)

寝不足《ねぶそく》の目で、推《お》しの中の人のほっぺたを鑑賞《かんしょう》する。

えっ、紫寿、泣いているの。

ずずっと鼻をすすって紫寿が言った。

「いいんだよ、文章がクソでも……」

いや、そこまでは言ってない。

紫寿が続ける。

「筋《すじ》と台詞《せりふ》さえあればいいんだ。大衆演劇《たいしゅうえんげき》では、口立て稽古《けいこ》っつって、座長《ざちょう》が口頭でぱぱっと演出《えんしゅつ》や台詞まわしを伝えて芝居を作っていくから」

菅野が冷静に口を出した。

「タイトルはあるけど、署名《しょめい》がない。これじゃ、だれが書いたのかわからないよ。著《ちょ》作権的《さくけんてき》にも、そこはハッキリ書いとかないと」

三人の中でだれが一番頭がいいかもハッキリしたような気がする……。

HBの鉛筆《えんぴつ》で、最後の行の下に順番に名前を書いていく。

作・若宮紫寿《わかみやしのぶ》／村野成里《むらのなりさと》

演出《えんしゅつ》助手・菅野三好《すがのみよし》

「ナリって意外に字がきたないよな。なんか、Vの形の彫刻刀《ちょうこくとう》で机《つくえ》に彫《ほ》った落書きみてえ」

また紫寿が余計《よけい》なことを言って、感動を台なしにした。まったく人のことを言えないと思うけど。菅野だけが、書写のお手本みたいな字なのがまた腹立《はらだ》たしい。

朝のホームルームの時間だ。担任《たんにん》の荒川《あらかわ》先生が入ってくる。

紫寿はあわてて、Tシャツの袖《そで》で目元をぬぐった。泣いているところなんて先生に見られたら、すぐさま学級会ものだよな。

自分の席に帰る前に、一番星みたいな目をして紫寿が言った。

「今日の授業《じゅぎょう》が終わったら、すぐ太夫元《たゆうもと》に見せにいくよ。絶対《ぜったい》に説得してこの芝居《しばい》、舞台《ぶたい》にかけてみせるから」

終幕《しゅうまく》 みどりの海を描《えが》く

〈いちのき演芸場《えんげいじょう》〉での〈劇団風花《げきだんかざばな》〉のラストショーは六月最後の土曜日だった。いわゆる千秋楽《せんしゅうらく》というやつだ。

今日の〈いちのき〉は予約だけで客席と、あわててこしらえた追加席に、立ち見席まですべてが埋《う》まった。はじまる前から大入《おおいり》が出たって、今朝イチで紫寿《しのぶ》からスマホにメッセージがきた。

大入の理由は、怪我《けが》で舞台《ぶたい》をはなれていた太夫元《たゆうもと》が、やっと完全復帰《かんぜんふっき》する日でもあるからだと紫寿。

〈よっしゃ太夫元！　艶之丈《えんのじょう》まつり〉と題し、自分の復帰《ふっき》日をわざわざ千秋楽にかぶせてきた仙《せん》さんについて、息子《むすこ》兼座員《けんざいん》として一言、

「まじ目立ちたがり。ありえん」

……だそうだ。

むらさきは、公演《こうえん》をすっぽかしてウチに外泊《がいはく》した晩《ばん》の「落とし前」として、千秋楽の今日まで舞台に近づくことを一切禁《きん》じられていた。舞台出禁になっていたむらさきにとっても、待ちに待った千秋楽というわけだった。

川越《かわごえ》の一番街通りは、今日もふかし芋《いも》の匂《にお》いと観光客でいっぱいだ。

約束どおり、姉ちゃんが時の鐘《かね》の前で人力車を停《と》めて待っていた。夏《なつ》さんが二人分予約しておいてくれたのだ。

「やっほー、ナリ!」

先に着いていた夏さんが手を振《ふ》ってむかえてくれた。

「ナリさん、久《ひさ》しぶり――でもないか」

訂正《ていせい》される。うん。今週もいっしょに観劇《かんげき》したよね。

夏さんとぼくは、すっかり大衆演劇《たいしゅうえんげき》の観劇仲間になっている。むらさきが出ていない間も、ぼくはちゃんと〈いちのき〉に足を運んでいた。紫寿はすねていたけど、箱《はこ》推《お》しがぼくのルールその一だから。

夏《なつ》さんとぼくを乗せて姉ちゃんの人力車は走りはじめる。ぐんぐん景色が変わっていく。どんどん〈いちのき〉が近くなる。

「楽しんできてね」

姉ちゃんがウィンクした。

太夫元《たゆうもと》に代わってチケット係になったスタッフさんに挨拶《あいさつ》して、チケット売り場を通りぬける。夏さんが、千秋楽《せんしゅうらく》もいっしょに観ようと、チケットをぼくと多恵ちゃんの分まで即予約《そくよやく》してくれていた。いっしょに階段《かいだん》を上がる——壁《かべ》に吊《つ》るされた極彩色《ごくさいしき》のタペストリー。白塗《しろぬ》りにキリリと目元に黒を引いた役者のアップに添《そ》えて、艶之丈《えんのじょう》、春之丈《はるのじょう》、菊之丈《きくのじょう》、狭之丈《さのじょう》、むらさきの字が踊《おど》っている。

劇場《げきじょう》に入ると、〈いちのき〉名物のおにぎりを食べている人や、飴《あめ》ちゃんの交換《こうかん》をしている人たちが目につく。すでにペンラを取りだしている人もいる。

推《お》し、推し、推し。どこを見ても、だれかを推しているファンでいっぱいだ。なんかすごい。推しを応援《おうえん》するパワーってすごい。

「夏さん！　ナリちゃん！」

花道の脇《わき》から、今日もカラフルな多恵《たえ》ちゃんが万歳《ばんざい》するように手を振《ふ》ってくれていた。いそがしい多恵ちゃんはレアキャラだから、会えるのは久《ひさ》しぶりだ。手を取り合って再会《さいかい》を喜《よろこ》ぶぼくたち。

爆音《ばくおん》でいつもの曲が流れはじめる。

〈Ｓａｙ、Ｙｅａｈ！　この夜の出会いを胸《むね》に抱《だ》きしめ、銀河《ぎんが》の果てまで〜会いにゆきます、Ｙｏｕ！　あなた〜だけに（どーたらこーたら）ハイハイハイハイＳａｙ！　エンノジョウ！　Ｈｅｙ、Ｓａｙ！　カザバナッ？〉

そういえば、なんで繰《く》り返しの最後の「カザバナッ」だけ「？」ってお尻《しり》を上げるんだろう……なぞだ。

いつもよりちょっぴりテンションが高めのアナウンスにさそわれて、第一部のミニショーがはじまった。

オープニングはもちろん今日の主役、太夫元の艶之丈さんだ。ぎゃあああっ、と地《じ》響《ひび》きのような歓声《かんせい》が鳴り響《ひび》いた。

復帰《ふっき》第一曲目のお召《め》し物《もの》は、金色の地に銀色の波のような刺繍《ししゅう》がキラキラしているド派手《はで》な着物だ。帯には青ラメの富士山《ふじさん》。卒倒《そっとう》しそうな組み合わせだけど、渋《しぶ》い太夫元《たゆうもと》がさらりと着るからしまって見える。

圧倒的《あっとうてき》な存在感《そんざいかん》ってああいうことを言うんだろうか。

若手《わかて》の役者さんみたいに跳《は》ねたり飛んだりはしないけど、ゆっくりと客席を指差す扇子《せんす》の骨《ほね》まで、艶之丈《えんのじょう》。一座の大黒柱「艶之丈」の一言なんだ。

曲のサビに差しかかったときだった。突然《とつぜん》、左右の袖《そで》から六、七人もの黒子が飛びだしてきたじゃないか。黒子といっても黒い布をかぶっただけだから、おなじみの座《ざ》員《いん》さんたちであることが本当にバレバレなんだけど。それぞれの黒子が、色とりどりのきらびやかな着物を一着ずつ、客席に向かって柄《がら》までわかるように広げてかざしている。

客席に大きなどよめきが走る。そして劇場《げきじょう》内の興奮《こうふん》は一瞬《いっしゅん》で頂点《ちょうてん》に達した。

「まさかこんな枚数《まいすう》が見られるなんて。ナリちゃん！　これが大衆演劇《たいしゅうえんげき》名物、ご贔屓《ひいき》さんに仕立ててもらったお着物のお披露目《ひろめ》よ……！　その役者が踊《おど》る一曲目で客席に見せることが慣習《かんしゅう》になってるの」

目に涙《なみだ》をためた多恵《たえ》ちゃんが、両手をすり合わせて太夫元を拝《おが》んでいる。そう、これが大衆演劇。これが何度経験《けいけん》しても慣《な》れない、名物・出どころがよくわからないテンションだ！

ライトを浴びて天の川のように輝《かがや》く着物たちの前で、太夫元が両手を広げ、次に深くお辞儀《じぎ》をした。

夏《なつ》さんがすっと客席を立ち上がる。と、まるでそれを待っていたかのように、太夫元がすうっと舞台《ぶたい》のへりに移動《いどう》した。夏さんは落ち着きはらった手つきで、太夫元の懐《ふところ》に、きれいな色の布に包んだご祝儀《しゅうぎ》を入れる。そのぶあつさに、客席が二度どよめく。

夏さんは太夫元から差しだされた手を、大事そうに握《にぎ》りしめた。それから次の動きの邪魔《じゃま》にならないよう、最後のサビに差しかかる前に手をはなして客席にもどってくる。太夫元は夏さんが席につくまで、目線で見送りをしていた。そのすべてが、めちゃくちゃに格好《かっこう》良《よ》くて、なにかしらないけど一流という感じがした。

(夏《なつ》さんの一番の推《お》しは艶之丈《えんのじょう》……太夫元《たゆうもと》だったんだなあ)

そういえば、太夫元が着ている着物はどこのご贔屓《ひいき》さんが贈《おく》ったものなんだろう？

夏さんの横顔を見上げたぼくは、言葉をなくして黙《だま》ってしまった。他人がふれちゃいけない大事ななにかが、夏さんのほほえみに宿っているような気がした。

ほとんど太夫元の独演《どくえん》ショーのような第一部が終わり、いよいよ第二部のお芝居《しばい》がはじまる。さあ、むらさき、行こう。ぼくなんて緊張《きんちょう》のあまり、休憩時間《きゅうけいじかん》に座席《ざせき》から立ち上がることもできなかったけど。菅野《すがの》もいまごろ、舞台裏《ぶたいうら》で棟梁《とうりょう》さんといっしょにぼくらのお話を見守っているはずだ。

アナウンスが終わり、幕《まく》が開く。

どこからともなく、ざざ……と波の音が聞こえてくる。

お芝居はもうはじまっている。

タイトルは、『みどりの海』。

舞台にかける前に、太夫元と春之丈《はるのじょう》さん、それに棟梁さんにしっかりと口を出してもらったけど、間ちがいなく、紫寿《しのぶ》と菅野とぼくの三人で作り上げたお芝居だ。

『みどりの海』の舞台は昭和初期の、海の町にある小さな旅芝居一座《たびしばいいちざ》。肌寒《はださむ》い早春のお話だ。

一座の元・花形女優《じょゆう》で、いまで言うシングルマザーのみどり。みどりは、役者の才《さい》能《のう》にあふれているが、中年になって花形の座《ざ》をしりぞいている。芝居の内容《ないよう》やセリフに口を出しては男勝《おとこまさ》りと陰口《かげぐち》をたたかれ、どうせやるなら流行《はやり》の女剣劇《おんなけんげき》（※女性を主役にした剣劇。）でもやれと言われる。

でも、みどりは女性《じょせい》が立ち役——男の主人公——を演《えん》じる女剣劇ではなく、女性が女性のまま主役を張《は》る時代劇《じだいげき》をやってみたいと思っていて……。

そんな、観《み》る人が昭和時代と、劇中劇《げきちゅうげき》の江戸時代《えどじだい》という二つの時代、二つの芝居を行き来《き》するような構成《こうせい》のお芝居だ。

たいそうな口をたたくなら一座を出ていけと言われた夜、みどりは、頑固《がんこ》な座長《ざちょう》や座員《ざいん》を相手に一歩も引かないと決意する。そこからは、勝ち気なみどりが、女に芝居の主役は張《は》れないという座長《ざちょう》たちの思いこみをあの手この手でひっくり返していくという、笑いたっぷり、痛快《つうかい》な筋書《すじが》きになっている。

ところが、それからすぐに、みどりは自分が不治の病にかかっていることを知ってしまう――。

余命《よめい》わずかと知った日の夕方。わが子のトミを抱《だ》きしめながら、海に陽《ひ》が沈《しず》んでいくのをじっと見つめるみどり。

みどりを演《えん》じるのは、〈劇団風花《げきだんかざばな》〉のベテラン女優《じょゆう》さん。

子どものトミを演じるのは女形《おんながた》のむらさきだ。本当は子役の女優さんに演じてもらう役だけど、今回だけはとあえてむらさきがみどりの子どもになった。

お母さんの病気のことも知らず、無邪気《むじゃき》にみどりを抱きしめ返すトミ。

夕暮《ゆうぐ》れの海に、季節はずれの雪が降《ふ》る。

風花《かざばな》――風にのって舞《ま》い散る淡雪《あわゆき》を舞台上《ぶたいじょう》にひらひらと降らせているのは、袖《そで》にいるはずの棟梁《とうりょう》さんと菅野《すがの》だ。

「どうしたの、母さん。赤ちゃんにするみたいに抱っこして」

「トミ、おまえ、ほんとに役者になりたいかい」

「ええ？　いまでも子役じゃないの」

「いいから。人生かけて……人生かけて、役者をやりたい？」

「変な母さん。もちろん、この先いい女優さんになりたいな」

「きっとなれるよ。舞台で主役を張れるような、いい女優に……」

「本当にどうしたの、母さん」


ほほえんで目を閉《と》じたみどりは、大人になったトミが舞台に立つ姿《すがた》が見えているようだ。しかも舞台の中央に。トミたち後輩《こうはい》の女優たちのためにも、なにがなんでも、命をかけて主役を演じなければならないと強く決心する。

トミの「この先」と、みどりの「人生」では言葉の重みがちがう。そうとも知らず、子どもあつかいするなと母さんの腕《うで》からぬけ出すトミの姿に、心がしめつけられる。

若宮紫寿《わかみやしのぶ》は、プリントアウトしたあらすじを読んで大泣きしていた。

むらさきは、涙《なみだ》なんて知らないような顔で笑っている。


（アイディアを出したのは、ほとんど紫寿だ。今、どんな気持ちで演《えん》じているのだろう。でも舞台《ぶたい》にいるあの子は、いったいだれなんだろう……。役者って、なんて不思議なんだろう）


きっと、いまのむらさきこそが役者の姿《すがた》……演じるということなのかもしれない。

客席のあちこちから、すすり泣く声が聞こえる。

ぼくは不思議と泣かなかった。泣けなかった。

このお芝居《しばい》をするために、紫寿がどれほどの思いでトミを演じているのか、どれだけ、なにをこらえているのか、少しだけどわかる気がするからだ。

紫寿が教えてくれた。役者さんは、舞台のことを「板」と呼《よ》ぶ。

舞台の上は、板の上。

いま、むらさきは、絶対《ぜったい》に退《ひ》けない板の上に立っているんだ。

終盤《しゅうばん》、みどりが主役を務《つと》めるお芝居が大きな歓声《かんせい》と共に終わって、みどりが大好きな海を見にいくシーンで「みどりの海」は幕《まく》を閉《と》じる。

どうしてだろう……お客さんは拍手《はくしゅ》もせずに静まりかえっている。

ぼくの心臓《しんぞう》はバクバク走り出す。怖《こわ》さに耐《た》えられなくて、ぎゅっと目を閉じてうつむいてしまう。もし、拍手がもらえなかったら、絶対ぼくのせいに決まってるから。

ぼくが下手くそだったから、ダメだったから……。

そのとき、

――堂々《どうどう》と顔を上げろよ、ナリ。

大丈夫《だいじょうぶ》だよ。ふんばれよ。胸《むね》を張《は》れよ。

舞台の上にいるはずのむらさきの声が、頭の中に響《ひび》いた気がした。

すっと肩《かた》の力がぬけた。そうだよ、きっと紫寿ならそう言うよ。

もう自分を悪く言うのはやめよう。だれがなんと言おうが、主役をやりたいと言い出したみどりみたいに笑われようが、こんなときは胸を張ってればいいんだ。

それがぼくのベストなら。

突然《とつぜん》、耳が痛《いた》くなるくらいの大きな拍手《はくしゅ》がどっと湧《わ》いた。

ぼくはびっくりして周りを見回す。拍手がやまないからか、それともはじめから決まっていたのか、舞台《ぶたい》に上がっていた役者さんたちが全員そろってお辞儀《じぎ》をする。いつもなら、お芝居《しばい》の後はすぐに幕《まく》が閉《し》まって、座長《ざちょう》の口上《こうじょう》がはじまるのに……。

真ん中にいる太夫元《たゆうもと》の仙《せん》さんが、端《はし》っこにいたむらさきを呼《よ》び寄《よ》せて、耳元でなにかを言っている。どうしたんだろう？

と、むらさきが花道の近くのぼくらの席を見た。

そして、ふっと笑うと、ぼくに向かってうやうやしくうやうやしく頭《こうべ》を垂《た》れた。

この世界でもっとも尊《とうと》い推《お》しが、ぼくに？

……ぼくにだ！

（って、いやいや。ええ、なにこの流れ……？）

通路まで満員の客席がわっと沸《わ》く。

「ナリちゃん！　ほら、むらさきちゃんが見てるじゃない！」

興奮《こうふん》しきった多恵《たえ》ちゃんにパープルのフラワーレイを押《お》しつけられる。だからそれ、いつ買ったんだよ！

いつのまにか、歓声《かんせい》に押されるようにして花道のド真ん前に出てしまっている。ものすごく、どこかで見たようなシチュエーションだ。ぼくは観念して、頭を下げたままのむらさきに近づいた。

できるだけカツラをみださないよう注意して、フラワーレイをむらさきの首にかけてやる。

菊之丈《きくのじょう》さんは菊之丈さんの香水を使っているように、大衆演劇《たいしゅうえんげき》の役者さんはそれぞれいい香りをまとっている。むらさきの香りは、透《す》きとおった川の流れみたいにフレッシュで、ほんのり甘《あま》くて、まるい。

くらくらしながら、耳元で言った。

「むらさき、大丈夫《だいじょうぶ》だからな。むらさきならどこでも、超一流《ちょういちりゅう》のバケモノ役者になれる。ぼくは、なんとかこの町でふんばってみるよ。だから、おまえも自分のフィールドで……旅の先々で最高の芝居《しばい》してこい。むらさきは、どこにいてもむらさきなんだからな。それで、いつか川越《かわごえ》にもどってきてよ」

「……了解《りょうかい》」

パール入りの口紅《くちべに》で縁取《ふちど》られた唇《くちびる》がほほえむ。

ぼくの最推《さいお》しだけが持つ、唯一絶対《ゆいいつぜったい》のほほえみだった。

✿

第三部の舞踊《ぶよう》ショー。

千秋楽《せんしゅうらく》の夜公演《よるこうえん》だから、これが〈劇団風花《げきだんかざばな》〉最後の川越《かわごえ》〈いちのき演芸場《えんげいじょう》〉公演《こうえん》だ。

太夫元《たゆうもと》が舞《ま》う舞う、歌う。春之丈《はるのじょう》さんが、むらさきが、それぞれ最高と信じる芸を披《ひ》露《ろう》してくれる。

お客さんはみんな笑っている、泣いて、笑って、胸《むね》を震《ふる》わせる。

演《だ》し物《もの》の合間に、夏《なつ》さんが言った。

「これが大衆演劇《たいしゅうえんげき》よね」

ぼくを見てにっこり笑うと、もう一度言う。

「これこそ、大衆演劇よ」


今日もぼくは大衆演劇を観にいく。

いろんな劇団の、いろんな舞台《ぶたい》を。

特別に推《お》している役者が一人いるけど、まだ小学生だから追っかけなんかはできない。毎日の推し活はといえば、たまに更新《こうしん》されるSNSをチェックしたり、大衆演劇の専門誌《せんもんし》にのっている公演情報《じょうほう》を追いかけたりするていどだ。

でも来年のこの季節になれば、きっとまた会える気がするんだ。

そのときには、『名探偵《めいたんてい》サバトラ』も完成しているだろうし、ぼくもアイツも中学生の制服《せいふく》を着ているはずだ。

『エ〜、本日は〈いちのき演芸場〉にお越《こ》しくださいまして、まことにィ、ありがとうございます……』

いやというほど馴染《なじ》みになったアナウンスが入る。

チョン、と開幕《かいまく》を告《つ》げる拍子木《ひょうしぎ》の音がする。

あれは、いつか棟梁《とうりょう》を目指すぼくの友だちが、舞台裏《ぶたいうら》で打っているんだ。

舞台転換《てんかん》するときにも一つ打つ。

それを一の柝《き》と呼《よ》ぶ。

――ぼくが最初に観た大衆演劇《たいしゅうえんげき》は川越《かわごえ》の〈いちのき演芸場《えんげいじょう》〉の〈劇団風花《げきだんかざばな》〉。雨のち晴れの梅雨《つゆ》の切れ目、花がこぼれるほどの大入日《おおいりび》だった。

今朝のニュースで、関東甲信越《かんとうこうしんえつ》に梅雨明け宣言《せんげん》が出たとお天気キャスターが言っていた。

小江戸《こえど》と名高い川越の、鉄火の季節のはじまりだ。

あいつと出会った日とちがって、空席もちらほらと目立つ。それでも何一つ変わらない熱量と気迫《きはく》で、第一部がはじまった。

本作を、ある劇《げき》団《だん》とすべての小さな旅役者に捧《ささ》げます。

黒《くろ》川《かわ》裕《ゆう》子《こ》

1979年大阪府生まれ。
京都外国語大学学士、エディンバラ大学修士。
2017年に『奏のフォルテ』で
第58回講談社児童文学新人賞佳作に入選。
その他の作品に『天を掃け』『となりのアブダラくん』
『いちご×ロック』(以上講談社)、
『#マイネーム』(さ・え・ら書房)、
『ケモノたちがはしる道』(静山社)、
『オランジェット・ダイアリー』(光村図書出版)などがある。

作　黒川裕子
絵　タカハシノブユキ
装丁　川谷康久
発行者　小松崎敬子
発行所　株式会社岩崎書店
〒一一二―〇〇〇五　東京都文京区水道一―九―二
電話　〇三―三八一二―九一三一（営業）
〇三―三八一二―五五二六（編集）

風花《かざばな》、推《お》してまいる！

二〇二四年八月三十一日　第一刷発行

印刷　三美印刷株式会社
製本　株式会社若林製本工場

P46 歌詞引用「兜」 作詞：大野恵造　作曲：米川敏子
JASRAC 出 2404728-401
ISBN 978-4-265-84050-2 NDC913 19×13cm

ご意見ご感想をお寄せください。

E-mail　info@iwasakishoten.co.jp
岩崎書店ホームページ　https://www.iwasakishoten.co.jp